AF221918

Gerhard Roos

… gelernt, zu leiden ohne zu zerbrechen?

Ein Tagebuch

Impressum

© 2021 Gerhard Roos

Herstellung und Verlag:
BoD – Books on Demand, Norderstedt

ISBN: 978-3-7534-4379-9

Gerhard Roos

… gelernt, zu leiden ohne zu zerbrechen?

Ein Tagebuch

Das hätte ich nun wirklich nicht für möglich gehalten, dass ich einmal anfangen würde, ein Tagebuch zu schreiben. Aber die grausamen Ereignisse der letzten Zeit bringen mich dazu. Ja, liebes Tagebuch, Du sollst alles das, was geschehen ist und deswegen weiterhin noch passiert, sowohl für mich als auch für meine Pflegeschwestern Julia und Kathrin aufbewahren, damit wir es immer nachlesen und uns erinnern können. Vielleicht sogar unsere Nachkommen, wenn wir welche bekommen sollten. Bevor ich aber anfange aufzuschreiben, was Schlimmes in den letzten Tagen herausgekommen ist, weil ausgerechnet ich es zufällig entdeckt habe, sollst Du wissen, wer das ist, der das alles niederschreibt.

Ich heiße Jonas Schneider, bin am 10. März 1983 in Gotha geboren und jetzt also zwölf Jahre alt. Nach der Wende sind meine Mutti und mein Vati mit meiner kleinen Schwester Helene und mir gleich nach Niedersachsen rüber gemacht, weil Vati seine Arbeit verloren hatte. Die Bundesmarine suchte für die Wartung und Pflege der Schiffe im Militärhafen von Wilhelmshaven erfahrene Maschinenbauer, die ohne Uniform als sogenannte zivile Mitarbeiter eingestellt wurden. Vati hatte das zufällig gelesen und sich noch von Gotha aus beworben. Er wurde sofort genommen. Wir zogen in diese Stadt. Unsere Wohnung war ganz ordentlich. Und ich kam in der Grundschule prima mit, das war sehr schön. Leni kam dann 1991 in die Schule. Dort war sie nur vier Tage, dann wurden sie und Mutti von einem besoffenen Autofahrer tot gefahren. Unsere Eltern lebten da schon getrennt, Mutti und

5

Leni in Jever mit Muttis neuem Freund, Vati mit mir weiterhin in Wilhelmshaven.

In den Osterferien 1992 sind wir mit Birgit Böning und ihren beiden unehelichen Töchtern zusammen gezogen. Der Vater von Julia ist ein britischer Ausbilder gewesen, der zu Hause Frau und Kinder hatte, der Vater von Kathrin ist ein ebenfalls verheirateter älterer Fregattenkapitän, in dessen Haushalt Birgit gearbeitet hat. Sie ist nach meiner Meinung nicht besonders intelligent aber lieb und außerordentlich hübsch. So ist auch Vati auf sie geflogen. Immerhin hat er es geschafft, dass sie sich ganz gut um mich und die Mädchen gekümmert hat. Sie ging nicht irgendwo zur Arbeit, Vati hat recht gut verdient und uns alle ordentlich versorgen können. Am Freitag vor dem ersten Advent 1992 sollte geheiratet werden, aber mein Vater brach drei Tage vorher auf der Arbeit zusammen und verstarb im Reinhard-Nieter-Krankenhaus wenige Stunden später. Schwerer Herzinfarkt, und das mit 34 Jahren!

In der Zeit danach zeigte sich, dass Birgit tatsächlich ein guter, vielleicht sogar zu guter Mensch ist. Trotz ihrer Trauer kämpfte sie darum, dass ich bei ihr und den Mädels bleiben durfte. Sie ist jetzt offiziell meine Pflegemutter. Sie bekommt dafür Geld sowie Unterhalt für beide Mädchen. Und die Bundesmarine hat sie als Teilzeitreinigungskraft für die Hafengebäude eingestellt. So kamen wir recht schnell finanziell über die Runden. Im Herbst 1993 beendete einer der zur See fahrenden Zeitsoldaten seine Wehrdienstzeit und wurde in der Marinedruckerei als Fotolaborant angestellt.

Wenige Wochen später hatte er sich mit Birgit zusammengetan und war bei uns eingezogen. Sie heirateten am Freitag nach Ostern 1994. Ich konnte diesen Thorsten Berg, der sich sofort als mein Pflegevater aufspielte, von Anfang an nicht leiden. Da er die Mädels vorgezogen und regelrecht verwöhnt hat, haben ihn beide gleich ins Herz geschlossen.

Die Eltern von meinem Vati sind 1992, als mein Opa nach einem Arbeitsunfall Frührentner wurde und Oma arbeitslos, in den Heidekreis hier in Niedersachsen gezogen. Opa, der Maschinenschlosser war, ist aus Freude an Tieren auf einem Heidehof in der Nähe eines Dorfes bei Schneverdingen zweiter Schafhirte und Oma Helferin im Hofladen. Dafür wohnen sie kostenfrei in einem kleinen Häuschen an der Hofstelle. Opas rechtes Bein ist versteift. Ich habe sie nach Vatis Tod noch viermal besuchen dürfen. Seit der Thorsten mit Birgit zusammen ist, darf ich das nicht mehr.

Wir wohnen im Süden von Wilhelmshaven nicht weit von einem Wald, da stehen solche Wohnblöcke, eigentlich für Soldaten. Sehen ähnlich aus wie die Platten in der DDR, sind aber viel moderner. Von dort gehe ich immer gerne in den Wald, Vögel und andere kleine Tiere beobachten. Dafür kann ich ganz still auf dem Boden sitzen und abwarten, bis die Tiere kommen. Viele Kinder können sowas nicht, die sind zu zappelig. Einmal vor einigen Wochen ist mir plötzlich eingefallen, dass auf dem Kleiderschrank in unserem Flur die flache Holzkiste stehen müsste, in der das wertvolle Fernglas von meinem Vati aufbewahrt wird. Als er noch in der Firma in Gotha war, die für den großen VEB Carl Zeiss Jena Werkzeugmaschinen gefertigt hat, war ihm das Fernglas zum zehnjährigen Betriebsangehörigkeits-Jubiläum geschenkt worden. Das wollte ich mir holen, wenn ich mal alleine in der Wohnung war, was schon immer mal vorgekommen ist.

Samstag früh waren dann Birgit, Thorsten und die Mädchen in der Innenstadt zum Einkaufen. Das dauerte gewöhnlich drei bis vier Stunden. Also konnte ich mir das Fernglas in Ruhe nehmen und damit in den Wald gehen. Es war ja sonnig und warm. Wir haben eine Stubenleiter aus Alu, mit der Birgit beim Fensterputzen auch ganz oben ran kommen kann. Die habe ich vor den Schrank gestellt, bin hochgeklettert und habe erfreut festgestellt, dass der Holzkasten an seinem Platz stand. Ich war nur erstaunt, dass er gar nicht verstaubt war. Ich habe ihn heruntergenommen und auf dem Küchentisch geöffnet. Und da hat mich das kalte Entsetzen gepackt.

Das Fernglas war weg. Stattdessen war der Kasten voll mit sorgfältig gestapelten Farbfotos. Der erste Stapel bestand aus einer Menge Nacktfotos von Julia und Kathrin, oft von einer allein, manchmal auch von beiden zusammen. Der zweite Stapel enthielt nur Bilder, auf denen Thorsten - jetzt erkannte ich ihn mit Sicherheit als Fotografen an seiner Armbanduhr und dem Tatoo - seine Hand fotografiert hatte, wie er jeweils einem der Mädchen zwischen den Oberschenkeln herumfummelte, ihnen sogar mit seinen Fingern in den Körper hineingriff. Der dritte Stapel war der schlimmste. Ich kann keine Worte finden für das, was ich darauf sehen musste. Thorsten hat an seinem nackten Körper herunter fotografiert, was er mit den Mädchen gemacht hat oder sie hat machen lassen. Die alte Drecksau!

Nachdem der erste Schock vergangen war, habe ich alles wieder sorgsam verpackt, die Kiste genau da hin gestellt, wo ich sie weggenommen hatte, und auch die Leiter schließlich an Ort und Stelle gebracht. Nur ein Bild von jeder Sorte, ein Nacktfoto mit Beiden und je eins der anderen Sorten mit einmal Julia und einmal Kathrin als Opfer, habe ich mir genommen und in Dir versteckt. Dann habe ich mich wie geplant in den Wald gesetzt. Da haben mich aber meine Tiere in keiner Weise interessiert, denn ich habe zuerst einmal Mühe gehabt, die Entdeckung zu verdauen. Ich war also dem widerlichen Thorsten auf die Spur gekommen und konnte nachweisen, dass er meine beiden Pflegeschwestern, diese lieben kleinen Mädchen, sexuell missbraucht hatte. Und das nicht nur einmal, sonder sichtlich immer wieder. Nun verstand ich auch plötzlich, warum die Beiden in den letzten

Monaten auf der einen Seite immer so geheimnisvoll taten, auf der anderen Seite aber auch oft so bedrückt wirkten.

Dann begann ich mir zu überlegen, wie ich mit diesem Wissen umgehen sollte. Bis ich dafür eine Lösung gefunden hätte, müsste ich zuerst einmal so tun, als ob ich nichts wüsste, das war mir klar. Dann legte ich mir eine Reihenfolge zurecht, in der ich vorzugehen gedachte, um vor Allem den Mädels zu helfen, um aber auch den widerwärtigen Thorsten einer gerechten Strafe zuzuführen. Zuerst will ich mit den Mädels reden, dann mit Birgit und schließlich der Sozialarbeiterin, die vom Jugendamt für mich und mein Pflegeverhältnis zu Birgit zuständig ist. Ich meine, die müsste mir helfen können.

Sonntag, 17. September 1995

Alles kam aber ganz anders, weil wenige Tage nach meiner Entdeckung Birgit einen halben Tag Urlaub nehmen musste, um mit mir zusammen nach meiner Schule zum Besuch der Sozialarbeiterin Frau Neerstedt zu Hause sein zu können. Frau Neerstdt fragte das Übliche, dazu gehört auch die Nachfrage, ob ich mit meinem Leben in der Pflegefamilie zufrieden bin. Da musste es raus. Ich habe gesagt: „Seit wenigen Tagen gar nicht mehr. Ich zeige Ihnen auch, warum." Dann habe ich die Leiter geholt, die Kiste vom Schrank genommen und den beiden Frauen auf den Tisch gestellt. Als ich den Deckel abgenommen hatte, waren beide zuerst völlig ohne Worte. Birgit fing schließlich an zu weinen.

Frau Neerstedt fragte Birgit, ob sie eben telefonieren dürfe, rief bei der Kripo an und erklärte der Beamtin, die sie wohl sehr gut kannte, dass und warum Thorsten ohne Vorwarnung an seinem Arbeitsplatz verhaftet werden müsse. Da ging dann wohl bei der Polizei die Post ab. Frau Neerstedt blieb bei uns, bis die Kripo kam. Das waren ihre Bekannte und ein älterer sehr väterlicher Mann. Inzwischen hatte Frau Neerstedt die Bilder wieder in der Kiste verschlossen. Das war auch gut so, denn jetzt kamen die Mädchen aus dem Kindergarten nach Hause. Frau Neerstedt und die Polizistin hatten Birgit gesagt, sie solle nicht fragen, warum habt ihr nie was gesagt. Sie solle vielmehr einfach erzählen, dass sie jetzt die Fotos kenne, und dass es nun nicht mehr nötig sei, das Geheimnis für sich zu behalten.

Das war richtig gut, dass sie das auch so gemacht hat. Die noch fünfjährige Julia ließ sich von ihr in den Arm nehmen und Kathrin, die in wenigen Tagen vier werden soll, zu meiner Überraschung von mir. Nachdem beide erst nur geweint hatten, fing Julia an zu reden. Wohl weil sie sich bei ihrer Mutter sicher fühlte, konnte sie ganz viel erzählen. Kathrin war auf meinen Schoß gekrabbelt und nickte zu jeder Einzelheit, die ihre Schwester uns allen berichtete. Langsam hörte auch sie auf zu weinen. Und plötzlich war sie eingeschlafen, so mitgenommen war sie von der ganzen Sache, vielleicht auch irgendwie jetzt erleichtert. Und Julia wurde immer ruhiger, je mehr aus ihr heraussprudelte. Das Reden hat ihr bestimmt gut getan.

Der ältere Kripobeamte hatte inzwischen die Bilderkiste in einen mitgebrachten Karton gepackt, auf dem Schrank auch noch Thorstens Kamera gefunden und sich dann ruhig zu uns gesetzt. Plötzlich kam eine Stimme aus seinem Funkgerät: „Zielperson verhaftet. Vorführung beim Haftrichter erledigt. U-Haft verfügt." „So, das hat erst mal geklappt, jetzt kann ihr Mann nicht mehr herkommen. Packen sie am besten in den nächsten Tagen alles von ihm zusammen. Sollte er irgendwie während des Ermittlungsverfahrens frei kommen, müssen sie ihn nicht in die Wohnung lassen. Wir werden uns dann kümmern." Der Polizist nickte befriedigt. Jetzt waren wir alle vier erst einmal geschützt.

Birgit konnte einige Tage lang gar nicht arbeiten, so fertig hatte sie die ganze Sache gemacht. Ich glaube, es ist sehr schlimm, wenn du als Frau erfährst, was für ein Schwein der

Mann in Wirklichkeit ist, den du liebst. Und wenn dann noch deine Kinder die Opfer sind, ist das wohl unerträglich. So war es auch nicht sehr überraschend, dass Birgit eine Woche später zusammengebrochen ist und in eine Nervenklinik gebracht werden musste. Ich hatte sie gefunden, als ich von der Schule nach Hause kam, und sofort die 112 angerufen.

Als sie abgeholt worden war, rief ich auch noch Frau Neerstedt an. Jemand musste sich doch um die beiden Mädchen kümmern. An mich habe ich dabei komischer Weise gar nicht gedacht. Frau Neerstedt kam dann gleich mit einer jungen Kollegin angefahren. Sie packten mit uns gemeinsam für beide Mädchen alles Wichtige und Klamotten zusammen. Die wurden dann von Frau Neerstedts Kollegin in eine Bereitschaftspflegefamilie gebracht.

Samstag, 23. September 1995

Anders als ich hatten sich Frau Neerstedt und ihre Kollegin bereits Gedanken gemacht, wie es mit mir weitergehen könne. Als ich nun mit der für mich zuständigen Sozialarbeiterin alleine war, fragte sie mich, ob ich vielleicht Verwandte hätte, bei denen ich vorübergehend unterkommen könne. Da fielen mir natürlich sofort meine Großeltern in der Heide ein. Wir haben daraufhin gleich dort angerufen. Oma war am Apparat. Ich erzählte ihr kurz, was passiert war, und übergab dann den Hörer Frau Neerstedt. „Wir haben hier natürlich ein Problem. Jonas kann vielleicht ein oder zwei Nächte alleine in der Wohnung der Familie Berg bleiben, aber dann müsste er erst einmal bei erwachsenen Verwandten unterkommen, die ihn nicht nur versorgen sondern auch andere Verantwortung übernehmen können."

Oma hat ihr dann wohl erklärt, meine Großeltern hätten schon darüber nachgedacht, eine andere Lösung für mich zu veranlassen als das Leben in der Pflegefamilie Berg. Aber wie? Als Verwandte dürften sie selbst ja wohl keine Möglichkeit haben, mich als offizielles Pflegekind aufzunehmen, was sie eigentlich für das Beste hielten. Frau Neerstedt erklärte ihr nun, dass gerade die „Großelternpflege" eine von den Jugendämtern gerne geförderte Lösung sei. „Wenn ihre Lebensumstände, liebe Frau Schneider, das möglich machen, ist das die Ideallösung für Ihren Enkel."

Sie fragte mich aber schnell zwischendurch, ob mir das recht sei, Pflegesohn meiner Großeltern zu werden. Die Antwort war nicht schwer, das war das Allerschönste, was ich mir denken konnte. Oma war eine herzensgute Frau, und Opa trotz einiger Strenge immer sehr verständnisvoll gewesen. Und bis auf Opas kaputtes Bein sind beide gesund und fit, sie sind ja noch nicht einmal sechzig. Dass mich Thorsten nicht mehr dorthin zu Besuchen hatte fahren lassen wollen, hatte mich recht belastet.

„Ich werde mich also sofort an die Kollegen des Pflegekinderdienstes im Heidekreis wenden und eine entsprechende Regelung anstoßen. Spätestens übermorgen, also am Freitag, bringe ich Ihnen dann den Jungen auf jeden Fall." Nach diesem Gespräch rief sie sofort von unserem Anschluss aus im Jugendamt in Bad Fallingbostel an. Der für das Wohndorf meiner Großeltern im Pflegekinderdienst zuständige Sozialarbeiter war nicht nur zufällig in seinem Büro sondern auch noch ein ganz guter Bekannter von Frau Neerstedt. Recht schnell hatte er das Problem verstanden und versprochen, sofort mit meinen Großeltern Verbindung aufzunehmen. Schließlich schrieb sie sich noch den Namen meiner Klassenlehrerin im Gymnasium auf und versprach, sich mit ihr und der Leitung des Gymnasiums in Soltau über einen reibungslosen Übergang zu unterhalten.

Das alles hat mich sehr erleichtert, wenn ich auch einige Trauer darüber empfinde, nicht mehr mit Birgit und den Mädels zusammen leben zu können. Vor allem mit der kleinen Kathrin verbindet mich viel, nicht zufällig hat sie sich zu mir geflüchtet, als die ganzen Sauereien des Herrn Berg besprochen wurden. Aber wird Birgit überhaupt wieder fähig werden, wenigstens ihre eigenen Töchter zu erziehen und zu betreuen? Wird sie den Kampf mit dem Drecksack Thorsten durchstehen? Ihr und den Kindern wünsche ich das von Herzen. Jetzt erst einmal bin ich bei Oma und Opa. Die haben sogar gestern schon die offizielle Pflegeerlaubnis für mich gebracht bekommen. Als Frau Neerstedt mich abgeliefert hat, lag dieses Schreiben auf dem Esstisch. Und ab übermorgen bin ich dann Schüler in Soltau. Wie schnell das alles gegangen ist! Ich habe Frau Neerstedt sehr viel zu verdanken!

Das geräumige frühere Gästezimmer im Häuschen, das unter dem Dach ist und nebenan ein Miniduschbad mit Waschbecken und Toilette hat, ist jetzt mein Reich. Außer Vati und mir hat da sowieso keiner jemals übernachtet. Und Opa soll sogar mein Vormund werden.

Dienstag, 03. Oktober 1995

Eine einzige Woche lang war ich nun in meiner neuen Schule. Seit gestern sind Oktoberferien und heute ist zudem Feiertag, der Tag der deutschen Einheit. Oma hat heute früh am Frühstückstisch nachdenklich gesagt: „Stellt euch vor, ohne die deutsche Einheit wären wir jetzt in Thüringen. Wer weiß, ob sich dort deine Eltern getrennt hätten. Wer weiß, ob deine Mutti und deine Schwester nicht noch am Leben wären. Wer weiß, ob dein Vati gestorben wäre, oder sich nicht alles ganz anders entwickelt hätte." Opa ist da weniger der Träumer: „Hätte, hätte, Fahrradkette! Hör auf zu fantasieren, Frau Schneider. Es ist wie es ist. Für Jonas ist es jetzt ganz gut ausgegangen und für uns auch. Ich bin so froh, Junge, dass du jetzt bei uns bleiben kannst." Oma nahm mich in den Arm. „Opa hat recht. Das ist jetzt das Beste, was uns drei überlebenden Schneiderlein passieren konnte."

Hier fühle ich mich auch richtig wohl. Opa hat am Wochenende wieder für einige Stunden den Schäfer vertreten, da war ich mit ihm und den Hunden draußen in der Heide. Obwohl es kühl war und nur ab und an die Sonne einige Zeit geschienen hat, war es wunderschön dort. Ich habe wie im Wald bei Wilhelmshaven ganz viele Kleintiere und Vögel gesehen und sie Opa gezeigt. Der war erstaunt, wie viele davon ich kenne und benennen kann.

Der nette Polizist Jan Kessler hat übrigens im Verhör aus Thorsten heraus gekriegt, dass der Vatis wertvolles Fernglas verkauft hat. Er geht der Sache nach, hat er Opa am Telefon versprochen. Und, was mich total erstaunt, er hat nicht nur

Birgits Aussagen aufgenommen, sondern kümmert sich auch jetzt, wo Birgit vorerst im Sanatorium bleiben muss, und die Mädchen in der Bereitschaftspflegefamilie sind, regelmäßig um Birgits Wohnung. Opa hat gelacht: „Sie hat schon wieder einen Kerl um den Finger gewickelt."

Eigentlich war es ganz praktisch, dass ich vor den Herbstferien noch eine Woche in die Soltauer Schule habe gehen können. Jetzt habe ich noch einige Tage zum Verschnaufen, dann geht's richtig los. Die sind dort in der Klasse sieben ziemlich genau so weit mit dem Stoff, wie wir es in Wilhelmshaven gewesen sind. So sehe ich gar keine Schwierigkeiten, mit den anderen mitzuhalten. Schön ist, wir sind auch mit mir immer noch fünf Kinder weniger, als wir in der vollgestopften Klasse in Wilhelmshaven waren. Und die meisten leben in den Dörfern. Ich habe mich gleich ganz wohl gefühlt. Mein Klassenlehrer, Herr Duschek, ist einerseits ziemlich streng, hat aber andererseits ein gutes Verhältnis zu allen Kindern der Klasse. Ich glaube, das liegt daran, dass er immer einen spaßigen Spruch auf Lager hat. Wir haben bei ihm Mathe, Physik und Sport. Und die anderen Kinder sagen, er tut alles für unsere Klasse.

Er hat mich gleich am ersten Tag auf den einzigen leeren Platz im Klassenraum gewiesen. Ich sitze jetzt neben einem Mädchen namens Vanessa Kleinschmidt. Sie redet nicht viel, ist aber immer aufmerksam und zu mir ganz nett. Sie sagt, sie ist die Jüngste der Klasse und mal als Kannkind eingeschult worden. Witzig ist, dass sie die gleiche dunkelbraune Haarfarbe, eine ebensolche seltene Ponyfrisur und auch genau die braunen Augen wie meine bisherige kleine Pflegeschwester Kathrin hat. Das hat sie mir gleich sympathisch gemacht. Gesichtsform, Nase und Mund sind aber ganz anders.

Herr Duschek liebt es offensichtlich, seine Schüler gemischt zu setzen. Wir sind jetzt durch mich vierzehn Mädchen und vierzehn Jungen. Und immer sitzen ein Junge und ein Mädchen nebeneinander. Das scheint ihm und anderen Lehrkräften die Durchsetzung von Regeln und Disziplin zu erleichtern. Ganz schön ist, dass drei Mitschüler bei uns im Dorf wohnen, Anneke wie ich ein Stück außerhalb, von uns zwei Höfe weiter, ihr Nachbar Kai und meine Nachbarin Vanessa im Kirchdorf. Annekes Eltern haben einen Bauernhof mit Reitpferden, ihre Mutter ist aus Holland. Die Eltern von Kai sind die Wirtsleute der Kneipe und Vanessas Eltern arbeiten beide in der Gemeindeverwaltung, ihre Mutter nur halbtags.

Sonntag, 08.Oktober 1995

Am Freitag sind wir von Birgit angerufen worden. Ihre Ärztin hat ihr gesagt, sie solle mit uns Dreien regelmäßig Telefonkontakt halten. Ihre Töchter soll sie ja wieder zu sich holen können, wenn es ihr besser geht. Und die Verbindung zu mir, durch die sie erleben kann, dass es mir gut geht, und dass die Lösung richtig ist, mich bei meinen Großeltern leben zu lassen, solle sie auch pflegen. Das hat sie zuerst Oma erklärt und mir dann von ihren Therapeuten erzählt und von ihren Telefongesprächen mit den Mädchen. „Die sonst so ruhige Julia hat geredet wie ein Wasserfall, sie braucht das wohl. Dafür hat Kathrin fast nichts gesagt, was bei der kleinen Plaudertasche schon sehr ungewöhnlich und auch ein bisschen beängstigend ist. Vielleicht rufst du sie mal an. Mit dir hat sie es doch immer gerne zu tun gehabt." Ich habe mir daraufhin die Telefonnummer der Bereitschaftspflegefamilie von ihr geben lassen und ihr versprochen, mein Bestes bei der Kleinen zu versuchen.

Gestern habe ich dort angerufen. Der Pflegevater war sehr freundlich. Er wusste sofort, wer ich bin. Als ich ihn bat, mir Kathrin ans Telefon zu holen, meinte er: „Wir können es ja versuchen, aber da wirst du wenig Glück haben. Sie ist so stark traumatisiert - du weißt, was das ist? - dass sie fast nichts redet, nur das Nötigste für den Alltag. Sie braucht sicher noch viel Zeit." Sie kam aber sofort ans Telefon. Als ich sie begrüßt hatte und gefragt, wie es ihr so gehe und ob es ihr in der Pflegefamilie gefalle, fing sie sofort an zu erzählen. Sie habe zuerst vor Papa Hinrich Angst gehabt, dass er so wie

Thorsten sei. Aber das sei er nicht, sondern freundlich und manchmal ein bisschen streng. Sie könne ihn gut leiden. Und Mama Sonja sei sehr lieb. Im Kindergarten sei alles wie immer. Aber sie würde so oft von Thorsten träumen. Das wäre nicht schön.

Dann wollte sie wissen, ob es mir auch gut gehe. Das konnte ich nun wirklich sagen. Um Julia nicht zu kränken, habe ich auch noch mit der kurz gesprochen. Zum Schluss kam noch einmal der Pflegevater an die Strippe. „Toll, dass du die Kleine zum Reden gebracht hast. Ruf bitte immer mal an, das wird ihr helfen." Abends rief dann Birgit noch einmal an. Sie wollte mir sagen, dass sie glücklich sei, dass Kathrin mit mir so ausführlich gesprochen habe. Und nun müsse sie sofort das Gespräch beenden, gerade käme Jan, um sie wieder zu besuchen. Opa hatte wohl recht, den hat sie um den Finger gewickelt. Immerhin konnte ich sie noch fragen, ob sie mehr über ihn wisse. „Ja, Jan ist neunundvierzig und seit fünf Jahren Witwer. Seine Frau starb an Krebs. Seine Tochter ist so alt wie ich und nach Leer verheiratet, sie erwartet ihr zweites Kind. Und der etwas jüngere Sohn ist auf der Polizeischule. Also, bis bald."

Ich berichtete danach meinen Großeltern, dass Birgit den Herrn Kessler schon Jan nennt und häufig von ihm besucht wird. Auch dass sie seine Familienverhältnisse kennt und gesagt hat, dass er verwitwet ist. Ich behauptete: „Ihr werdet sehen, bald kann sie entlassen werden. Mit diesem Jan Kessler wird sie sich zusammen tun, dann können auch die Mädchen wieder zu ihr. Das ist doch ganz schön." Opa grinste nur: „Hab ich´s nicht gesagt?" Und Oma meinte: „Für die Mädchen würde ich das schon wünschen, das sind so liebe Kinder."

Heute waren Anneke, Vanessa und ich bei Kai eingeladen, mit ihm seinen dreizehnten Geburtstag zu feiern. Im Hinterzimmer der Kneipe waren wir insgesamt zehn Kinder. Und alle sind in der Jugendfeuerwehr. Da will ich jetzt auch mitmachen, was meinen Großeltern große Freude bereitet. Es war richtig schön, nun einmal ohne Schule mit Gleichaltrigen zusammen zu sein. Und Vanessa und ich haben festgestellt, dass wir das gleiche Hobby haben, nämlich Tiere beobachten. Ihr Vater geht zur Jagd und nimmt sie ab und an mit. Sie will ihn fragen, ob ich vielleicht auch einmal mit kommen darf. Das fände ich große Klasse.

Meine Großeltern haben mir vom ersten Geld, das das Jugendamt überwiesen hat, ein sehr gepflegtes gebrauchtes Fahrrad gekauft, mit Gangschaltung, verkehrssicherer Beleuchtung und einem Helm, den ich tragen muss. Nur dann darf ich fahren. Der Helm ist aber obercool, hat eine Form wie die der Rennradler und links und rechts kleine Geparden drauf. Den ziehe ich gern auf. Mit dem Rad war ich zu meiner ersten Jugendfeuerwehrübung am Dienstagnachmittag und gestern wieder. Wir sind immerhin mit mir jetzt sechzehn Kinder und Jugendliche. Unsere Jugendwarte Tanja und Erik sagen, dass hier im Ort die Feuerwehr ordentlich Zukunft hat. Gestern war sogar der Wehrführer der Ortsgemeinde für eine ganze Stunde bei uns und hat uns über Rechte und Pflichten informiert. Er ist Tanjas Vater. Außer Anneke und Vanessa sind noch drei weitere Mädchen dabei.

Am Mittwoch hat mich Oma ins Auto gepackt und ist mit mir nach Bad Fallingbostel gefahren. Dort kennt sie ein Textilgeschäft, in dem sie mir einige neue Kleidungsstücke für den kommenden Winter gekauft hat. Die Sachen vom vergangenen Jahr sind nämlich alle viel zu klein geworden. „Nein", sagt Oma, „nicht die Klamotten zu klein, du bist zu groß geworden, man kann dir beim Wachsen zugucken." Meine Großeltern geben die ihnen gezahlte „Hilfe zur Erziehung" tatsächlich für mich aus. Birgit hat immer viel davon für die ganze Familie verwenden müssen, sonst wären wir nicht über die Runden gekommen. Ich habe das immer gewusst und auch nichts dagegen gehabt. Ein guter Ablauf unseres Familienlebens hat mir doch auch genützt.

Am Freitag durfte ich dann ein bisschen im Hofladen helfen. „Das ist der Tag, an dem die meisten Kunden kommen, da wird für das Wochenende eingekauft." hat mir Iris Bockelmann, unsere Bäuerin und Vermieterin erklärt. Ich darf sie Iris nennen und ihren lustigen Mann Ralf. Die haben vier kleine Kinder, der Jüngste wird noch gestillt. Da ist immer ordentlich was los. Aber Iris hat die ganze kleine Bande hervorragend im Griff. Ralfs Mutter und meine Oma betreiben den Hofladen. Und Ralfs Vater ist die meiste Zeit mit den Hunden bei der riesigen Schafherde draußen. Wenn er zu Hause ist, vertritt ihn dann entweder sein Sohn oder, vor allem nachts, immer einmal wieder mein Opa. Ralf ist der Manager, kümmert sich um die Zucht, die Verwaltung, die Vermarktung, den Einkauf und die Werbung. Und Iris hat sogar noch zwei Ferienwohnungen im dritten Haus auf der Hofstelle, das früher das Wohnhaus einer Schäferfamilie war. Wir wohnen im anderen kleineren.

Heute Morgen dann bin ich schon um Vier aufgestanden und war kurz vor fünf mit Vanessa und ihrem Vater auf Ansitz. Er jagt in dieser Zeit eigentlich kaum, sondern beobachtet im Auftrag des Jachtpächters, dessen Jagdbegeher er ist, ob alles im Revier bekannte Wild gesund ist. Außerdem muss er die unterschiedlichen jagdbaren Wildarten zählen, so gut es geht, um dem Pächter die Grundlagen zu verschaffen, Abschussquoten zu errechnen. Das alles habe ich heute früh gelernt. Ich bin sehr beeindruckt, dass Hege und Pflege das

Wichtigste ist. Die Jagd dient dann dazu, den Wildbestand auf einem Maß zu halten, das die Landschaft aushalten kann, aber auch braucht, um möglichst naturnah zu bleiben. Wir haben einen Sprung Rehe und immerhin drei Rotten Wildsauen und einen Einzelkeiler gesehen, dazu Feldhasen, viele andere Kleintiere und natürlich zahlreiche Vögel.

Die weiblichen Sauen heißen Bachen. Die führen um diese Zeit ihre Kinder, die zuerst Frischlinge heißen, solange sie gestreift sind. Als Jugendliche werden sie dann von den Jägern Überläufer genannt. Da sich Wildschweine nicht mehr nur in der früher bekannten Zeit von November bis Januar paaren, sondern über das ganze Jahr, gibt es inzwischen zu viele Tiere. Also muss das jagdlich geregelt werden. Vanessas Vater, Ulrich Kleinschmidt, erklärt gerne und verständlich seine Arbeit im Revier und weiß viel über Wild. Opa kennt ihn ganz gut, weil seine Tätigkeit, die er ja außerhalb seines Berufes als Fachdienstleiter in der Stadtverwaltung ausübt, auch dem Schutz der Heidschnuckenherden dient. Der Jagdpächter ist ein Unternehmer und wohnt in Bremen, da ist es gut, dass er hier vor Ort einen so zuverlässigen Jagdbegeher hat wie den Uli. Sagt Opa.

Sonntag, 22. Oktober 1995

Herr Duschek hat inzwischen schon bemerkt, dass Vanessa und ich über die Ferien durch die beiden gemeinsamen Leidenschaften, das Wildbeobachten und die Feuerwehr, gute Freunde geworden sind. In den Pausen hängen wir Vier aus unserem Ort und vier Weitere aus einem Nachbardorf, die dort in der Jugendfeuerwehr sind, ständig beieinander. Wir fahren alle Acht mit dem gleichen Schulbus. Unsere Stammplätze sind ganz hinten, da wir als Zweitletzte und die vier Anderen als Letzte aussteigen. Weil der Bus immer rappelvoll ist, sitzen wir zu sechst auf der Fünfer-Rücksitzbank und Anneke und Vanessa mit Annekes kleiner Schwester Jule auf dem linken Doppelsitz davor. Da hinten ist immer ordentlich was los. Die Fahrer haben das aber gern, dass wir dort hinten sitzen, weil wir alle keinen groben Unsinn machen und auch ein bisschen auf die Kinder weiter vorne aufpassen.

Ich bin viel lieber Dorfkind als vorher Stadtkind. Hier habe ich gleich prima Freunde gefunden. Und meine Oma und mein Opa sind die besten Pflegeeltern der Welt. Seit zwei oder drei Tagen bin ich im Stimmbruch. Opa hat mich gefragt, was alles wir im Sexualkundeunterricht in WHV gelernt hätten. Ich habe mit ihm mein Heft und das Lehrbuch durchgeschaut. Manches hat er mir noch einmal und viel besser als unsere Lehrerin erklärt. Und Neues habe ich auch von ihm gelernt. Völlig platt war ich, als er mir zum Schluss sagte: „Wenn du dann soweit bist, dass du mit irgendeinem netten Mädel schlafen möchtest, dann besprich das mit uns. Mit deinem Vati war das genauso abgesprochen. Du hast oben deine

26

Miniwohnung, da kann das ungestört stattfinden. Wir vertrauen dir, also vertrau uns auch." Wenn das kein gutes Angebot ist! Aber bis dahin ist noch viel Zeit, denke ich. Alle, die es zu eilig haben, tun sich doch damit keinen Gefallen, oder?

Birgit hat am Freitag wieder angerufen. Sie macht einen guten Eindruck. Die Therapien scheinen ihr zu helfen. Und die Besuche des Herrn Hauptkommissars Jan Kessler erst recht. Manchmal denke ich, es ist am besten, Dinge direkt anzusprechen. Also habe ich sie gefragt: „Hast du dich in den Jan etwa verliebt?" „Er erst sich in mich, und dann ich mich auch in ihn. Sein Schwager ist Rechtsanwalt, der war am Mittwochabend mit hier. Ich habe eine Vollmacht unterschrieben, mit der er mich vertreten kann und eine Härtescheidung beantragen wird. Wegen des Missbrauchs meiner Kinder sollte das problemlos ganz schnell klappen, sagt er. Es ist gut, dass mir dein Vater damals diese Rechtsschutzversicherung abgeschlossen hat, da kostet mich der Anwalt kein Geld. Und das mit Jan, das ist eine seltsame Geschichte. Jetzt kenne ich auch schon seine Kinder. Seine Tochter und ich verstehen uns auf Anhieb richtig gut. Sie hat lachend gesagt: ‚Du bist zwar nicht so gescheit wie ich, aber doppelt so hübsch. Genau das Richtige für meinen alten Herrn.'"

Als ich Oma und Opa beim Abendessen von diesem Gespräch erzählt habe, meinte Opa: „Irgendwie ist das ein besonderes Frauchen, die Birgit. So lieb und naiv. Und putzig anzuschauen mit ihrer Stupsnase. Bei unserem Sohn, deinem von deiner

Mutter so enttäuschten Vater, haben wir erlebt, wie ein solches Menschenkind einem vereinsamten Mann wohltun kann. Dieser Jan Kessler ist jetzt Nummer fünf, und sie ist gerade erst fünfundzwanzig." „Und trotzdem" sagte Oma, „ist sie alles andere als ein Flittchen. In gewisser Weise ist sie ein recht außergewöhnlicher Mensch, weil sie nie an sich denkt, sondern andere Menschen, vor allem ihre Männer und ihre Kinder, glücklich machen will. Und, das muss der Neid ihr lassen, das macht sie hervorragend."

Sonntag, 19.November 1995

Liebes Tagebuch, ich habe Dich vernachlässigt. Ich bin halt immer gut beschäftigt. In der Schule läuft es gut. Herr Duschek und die anderen Lehrkräfte scheinen zufrieden, die ersten Klassenarbeiten waren alle „gut" bis auf Deutsch. Da hat mir Frau Winter sogar ein „sehr gut" gegeben. Sie hat unter den Aufsatz geschrieben: „Du formulierst fast wie ein Erwachsener." Das ist ein tolles Lob. Anneke und Vanessa haben beide einige Probleme mit Mathe. Kai und ich machen jetzt immer mit ihnen zusammen die Hausaufgaben in diesem Fach. Kai rafft Mathematisches immer sofort und kann es auch gut erklären. Da haben wir alle vier einen Nutzen davon. Und Herr Duschek staunt.

Aus Wilhelmshaven kommen gute Nachrichten. Birgit ist wieder zu Hause. Und wie erwartet ist Jan bei ihr eingezogen und hat seine Wohnung gekündigt. Am kommenden Freitag dürfen auch die Mädels wieder zurück zu ihrer Mutter. Sie scheinen mit Jan schon ganz vertraut zu sein. Julia hat mir am Telefon erzählt, er sei „ein gerechter Mann" und ihnen gegenüber „sehr vorsichtig". Wahrscheinlich meint sie, dass er zurückhaltend ist. Kathrin erzählt mir immer einiges aus ihrem Kindergarten- und Pflegefamilienalltag. Ihre Pflegeeltern freuen sich darüber, dass sie wenigstens mit mir ausführlicher spricht. Seit Neuestem erzählt sie auch ihrer Mutter etwas mehr. Hoffentlich wird das zu Hause noch besser.

Seit drei Wochen habe ich unser Fernglas wieder. Jan hat es mit Thorstens Geld, das der ihm geben musste, vom Käufer zurückgekauft. Wenn Vanessa und ich zusammen und ohne ihren Vater Wild beobachten gehen, darf sie sein gutes Fernglas mitnehmen. So hat jeder eines. Jetzt, wo es frühmorgens schon sehr kalt ist, nehmen wir zwei warme Wolldecken mit. Wir setzen uns eng neben einander auf die lange Kante der einen Decke und legen uns die dann über unsere Schultern und die zweite um die Beine. Dann ist uns beiden warm. Wir haben von Uli ein spezielles Wildzählbuch mitbekommen. Unsere Zahlen packt er dann zu Hause zu seinen dazu. Damit wird die Statistik noch genauer, hat er uns erklärt.

Vielleicht reicht es, wenn ich alle paar Monate hier aufschreibe, was sich in dieser Zeit ereignet hat, und nur bei besonderen Ereignissen auch mal was in der Zwischenzeit. (Hätte ich jetzt „zwischenzeitlich" geschrieben, hätte ich Frau Winter gegenüber ein schlechtes Gewissen bekommen. Sie versucht mit aller Mühe, uns die ursprüngliche Ausdrucksweise der deutschen Sprache zu erhalten.) Vielleicht ist bis nach Weihnachten schon so viel geschehen, dass es sich lohnt, es aufzuschreiben. Oma hat mir eine große Überraschung angekündigt. Was das wohl sein wird?

Sonntag, 07.01.1996

Die Überraschung hat es tatsächlich gegeben, aber ganz anders, als ich das hätte erwarten können. Neben einigen nützlichen Dingen wie warme Handschuhe gab es zwei schön verpackte Päckchen, beide enthielten Bücher. Das eine ist eine ganz neue Bibel, wie ich sie ab Ostern im Konfirmanden-Unterricht bei unserer Pastorin werde brauchen können. Opa hatte sie gefragt, welche Ausgabe da richtig sei. Das zweite ist eine weit über fünfzig Jahre alte Schwarte. Auf dem Deckel ist der Begriff „Tagebuch" eingeprägt und auf einem Etikett darunter geschrieben „der Magdalene Otto". Das ist ja nun unzweifelhaft der Geburtsname meiner Oma. Auch Opas Vorname Joachim klingt edel. Sie nennen sich aber Lene und Achim.

Aber nun zu Omas Tagebuch. Zuerst mit ihrer schönsten Kinderschrift und dann allmählich mit jener markanten Schreibweise, die sie auch heute noch hat, ist dort alles aufgeschrieben, was ihr im Leben wichtig war. Wenn das Geschenk kein Vertrauensbeweis ist! Sicherlich würde ich beim Lesen einige Dinge aus Omas Leben lernen, die mir bisher verborgen geblieben waren. Und woher ich das habe, Tagebuch zu führen, wusste ich nun auch. „Junge, du weißt gar nicht, was das bedeutet, dass sie dir das heute schenkt. Ich durfte es erst vor drei Jahren lesen, als unser Sohn, dein Vater, gestorben war. Von da an hat sie nur geschrieben, wenn ich dabei war, und sie mit mir besprochen hatte, was da noch rein sollte. Du wirst jetzt der Mitwisser unserer schwierigen Familiengeschichte."

Als ich dann am ersten Weihnachtstag angefangen hatte, Omas Tagebuch zu lesen, konnte ich nicht mehr aufhören. Ich war den ganzen Tag und die halbe Nacht damit beschäftigt. Und ich werde viel Zeit benötigen, das alles zu verarbeiten. Eine Sache hat mich geradezu begeistert: ich weiß jetzt, warum ich meine Texte so und nicht anders schreibe. Omas Stil ist fast der gleiche! Von Frau Winter bekäme sie für Stil und Ausdruck ein glattes „sehr gut". Diese Gemeinsamkeit hat mir das Lesen erleichtert, sehr schwer gemacht haben mir das aber allerlei Einzelheiten ihrer Eintragungen. Tief beeindruckt mich das Vertrauen, das meine Großeltern dadurch in mich setzen, dass sie mir alle diese oft auch recht intimen Berichte anvertraut haben. Auch ein Stück ihrer Vorstellung von Erziehung.

Was ich nie gewusst habe, lässt mich diesen Erziehereifer meiner Großeltern jetzt begreifen. Oma hat in der schwierigen Lebenssituation, die meine Großeltern in Opas Heimatdorf bei Erfurt durchstehen mussten, vor der erfolgreichen Schwangerschaft und Geburt meines Vaters drei Kinder durch Fehlgeburten verloren. Und zwei Jahre nach Vatis Geburt noch ein viertes. Alle vier wären Mädchen geworden. Das ist schon eine heftige Lebenserfahrung. Oma schreibt später an einer Stelle: „Wir haben gelernt, mit Leid zu leben ohne zu zerbrechen. Wir können inzwischen ja sagen zu allem, was Gott uns schickt. Wäre uns das nicht gelungen, wären wir spätestens beim frühen Tod unseres einzigen Kindes zerbrochen." Diese Einstellung will ich mir zu eigen machen! Sie wird mir sicherlich beim endgültigen Verkraften des Todes meines Vaters, meiner Mutter und meiner

Schwester wie auch der Verbrechen an meinen geliebten kleinen Pflegeschwestern helfen. Das rumort noch immer in mir.

Montag, 08.04.1996

Nachdem uns für den gestrigen Ostersonntag der Wetterbericht Mut gemacht hatte, früh auf den Hochsitz an der großen Heidefläche zu steigen und den Sonnenaufgang mitzuerleben, bleibt bei dem heutigen trüben Wetter Vanessa im Dorf. Auch ich werde zu Hause bleiben, es ist erheblich kälter als gestern. Wir haben einen sehr kalten Winter hinter uns, dem es aber recht an Schneefall gemangelt hat. Das wird nicht gut für die Wasservorräte in den Harzer Stauseen und im Boden sein, sagt Opa. Wenn wir auch mächtig warme Kleidung und vier statt zwei Decken gebraucht haben, waren doch die wenigen Beobachtungstage im Revier sehr spannend. Die Sauen konnten zwar nur mit Mühe genügend zu fressen finden, weil der Boden hart gefroren war, scheinen aber sonst gut zurecht gekommen zu sein.

Für alles Wild wird es jetzt Zeit, dass der Frühling kommt und es wieder ordentlich was zu Fressen gibt. Besonders die tragenden Muttertiere brauchen jetzt ordentlich Nahrung. Die Vögel haben sich ungeachtet der Kälte fleißig gepaart. Die verlassen sich drauf, dass es Im Mai, wenn die Küken schlüpfen, warm genug sein wird. Vanessa findet das immer wieder witzig, wenn sich ein Taubenpärchen auf einem schwankenden dünnen Ästchen mit gewaltigen Flügelschlägen des Täuberichs blitzschnell vereinigt. Auch ein Kuckuckspaar haben wir beobachtet und ganz viele Singvogelpärchen. Das kannst du nur erleben, wenn du auf Ansitz gehst, sagt Uli.

In der Schule gab es im Januar einige Probleme mit einer Klassenkameradin. Rieke ist ziemlich neugierig, sucht immer nach Sensationen und tratscht allerlei Unsinn in der Welt herum. Kurz bevor es die Halbjahreszeugnisse gab, wanderten durch die Klasse solche kleinen Zettelchen, auf denen etwa draufstand: „Vanessa liebt Jonas" oder in einem knallroten Herz „V.K.+J.Sch.". Wir haben uns schon darüber geärgert, aber nicht darauf reagiert. Herr Duschek hat dem Ganzen in seiner tollen Art ein Ende gemacht. Er hat mit anderen Lehrerinnen und Lehrern vereinbart, jede und jeder möge solche Wanderzettel einfach einsammeln, gar nicht erst lesen, sondern einstecken und ihm dann aushändigen. Dann kam er in die nächste Mathestunde und hatte alle Zettelchen sogfältig auf DIN A4 große Kollegblockseiten aufgeklebt. Die hängte er an unsere Klemmtafel und besprach die ganze Sache mit uns allen.

Zuerst fragte er allgemein, wie so etwas zu bewerten sei. Die Kritik von unseren Mitschülern war erstaunlich heftig. Dann fragte er tatsächlich mich, wie ich das aufgefasst hätte. Mich ritt in diesem Augenblick ein bisschen der Teufel. Ich sagte: „So ein Quatsch geht mir glatt am Hintern vorbei." So locker konnte Vanessa auf seine folgende Frage an sie nicht antworten. Sie hatte aber auch eine gute Erwiderung: „Ich bin schon sauer. Das ist ja nun eine Mädchenschrift. Wenn die Schreiberin eifersüchtig ist, dass Jonas und ich so gute Freunde sind, dann soll sie es uns doch einfach sagen. Vielleicht kann sie ja auch ein bisschen unsere Freundschaft gebrauchen." Plötzlich fing Rieke an zu weinen. „Es tut mir so leid, dass ich diesen Blödsinn gemacht habe. Bitte, ihr Beiden, verzeiht mir. Ich glaube, ich muss insgesamt ein bisschen meine alberne Sensationslust loswerden. Ihr habt alle gesagt, dass ich dem Klassengeist schade. Das ist ganz schrecklich, das will ich doch nicht."

Seither gibt sich Rieke richtig Mühe. Wir haben sie sogar mit Ulis Erlaubnis einmal zur Wildbeobachtung mitnehmen dürfen. Und in Ihrem Heimatdorf ist sie in das Jugendrotkreuz eingetreten. Eine Jugendfeuerwehr gibt es da nicht. Opa sagt oft: „Nichts ist so schlecht, dass es nicht für irgendetwas Anderes gut ist." Für Riekes Verhalten trifft das zu. Mit Herrn Duscheks Zustimmung hat sie im neuen Halbjahr mit Anneke die Sitzplätze getauscht. Sie hatte ihren bisherigen Nachbarn Peter sowie Kai und Anneke vorher gefragt, ob ihnen das so recht sei. Vanessa und ich haben uns insgeheim gefragt, ob Rieke wohl ein bisschen in unseren Kai verknallt ist. Sie ist wie eigentlich alle Mädchen unserer Klasse - Vanessa auch - schon sehr fraulich geworden, wie Oma das nennt. Alles, was rund sein sollte, ist auch schön rund.

Bei den meisten Jungs herrscht noch Kinderzeit. Außer Kai und mir ist noch keiner im Stimmbruch. Wir sind beide auch erheblich größer als die anderen zwölf. Opa sagt, dass das Veranlagung sei. Er selbst und auch mein Vater seien im Gegensatz zu den meisten gleichaltrigen Jungs regelrechte Frühbirnchen gewesen. Und Kai ist ja der Älteste unserer Klasse. Zu meiner Geburtstagsfeier im März habe ich eigentlich nur meine Feuerwehrtruppe einladen wollen. Kai hat mich ganz zaghaft gefragt: „Könntest du auch Rieke mit einladen?" Aha! Und Anneke hat gemeint, wir sollten doch im

Gemeinschaftsraum des Feuerwehrhauses feiern. Erik könnte als verantwortlicher Erwachsener dazu kommen, dann wäre alles rechtlich perfekt. Erik also. Nochmal aha! Vanessa hat gemeint: „Jetzt geht´s aber los." Auch ich kann mich nur wundern. Anneke ist noch dreizehn und Erik dreiundzwanzig Jahre alt. Der soll bloß aufpassen, dass er keinen Blödsinn macht.

Aber meine Geburtstagsfeier im Feuerwehrhaus wurde richtig klasse. Erik hat uns zwei Videos von Löscheinsätzen vorgeführt. Die kleine Musikanlage hat brav Tanzmusik verbreitet, und wir haben alle ein wenig so getan, als ob wir tanzen könnten. Kai, Rieke, Vanessa und ich haben beschlossen, uns im nächsten Herbst zur Tanzstunde anzumelden. Als Anneke anfing, Erik zu intensiv auf die Pelle zu rücken, war er froh, dass wir die ganze Veranstaltung beendet haben. Zu dieser Zeit waren die Elterntaxis bestellt. Man hat aber schon gemerkt, dass der alte Esel auch in unsere halbe Holländerin verknallt ist. Wir sind gespannt, wie er das wohl managen will.

Zwei Wochen ist es her, dass wir mit unseren Erziehungsberechtigten zur Anmeldung für die Konfirmation eingeladen waren. Unsere Pastorin Marieke Voß wohnt im Nachbardorf, wo unsere Feuerwehrfreunde zu Hause sind. Da in diesem Jahrgang mehr Konfirmanden aus unserem Dorf und weniger von dort sind, wird sie diese acht immer in ihrem Bulli mit herüber in unseren Gemeindesaal bringen. Im vorigen Jahrgang ist es umgekehrt, da sind es sogar nur fünf aus unserem Ort. Frau Voß ist recht nett, wir sind alle auf ihren Unterricht gespannt. Sie hat einen Mann, der an unserer Schule als Lateinlehrer arbeitet, und zwei erwachsene Töchter. Der Herr Voß ist ziemlich klein und seine Frau erst recht. Aber sie hat eine gute Autorität, meint Vanessa. Sogar ihren Bruder Carsten und seine Clique hätte sie prima im Griff gehabt, das wären richtige Rabauken.

Und nun noch, wie es in Wilhelmshaven weiter gegangen ist: Bereits Ende Januar war Birgit von Thorsten geschieden. Nachdem der ein umfassendes Geständnis abgelegt hatte, in dem auch heraus gekommen war, dass er mehreren Kollegen und Marinesoldaten seine ekelhaften Bilder verkauft hatte, musste er natürlich in Untersuchungshaft bleiben. Für Donnerstag, den 09. Mai, ist seine Gerichtsverhandlung angesetzt. Zum Glück brauchen die Mädchen nicht auszusagen. Am 11. Mai zum Mittagessen erwarten wir Birgit, die Mädchen und Jan Kessler. Meine Großeltern haben sie eingeladen. Mal sehen, was wir dann Neues erfahren. Ich bin gespannt, wie es den Mädels geht, vor allem meiner kleinen Kathrin. Ich weiß, Birgit macht sich ihretwegen immer noch große Sorgen. Und den Jan möchte ich auch gern näher kennen lernen.

Das war heute ein schöner Tag. Jan hat einen gepflegten weißen Mercedes, den er gut gebraucht kaufen konnte. Die Mädels haben ganz moderne Kindersitze und dadurch auch von hinten einen guten Ausblick, von der Sicherheit ganz zu schweigen. Julia ist tatsächlich viel offener als früher. Sie hat die Erlebnisse mit Thorsten wohl schon ganz gut verkraftet. Das Kathrinchen dagegen hat mich doch schwer erschüttert. Selbst wenn sie mich anlächelt und mit mir spricht, bleiben ihre Augen traurig. Ich habe nach dem Mittagessen die Beiden mit zur Schafherde genommen. Julia war etwas zaghaft. Kathrin aber saß ganz schnell auf dem Boden bei einem unserer jüngeren Lämmer und schmuste mit dem wie ein erfahrener Schäfer. Das hat ihr sichtlich gut getan. Anschließend hat sie sogar Jan und Opa, die vor unserer Haustür auf der Bank saßen, beglückt von diesem Erlebnis erzählt.

Birgit hatte schon beim Mittagessen berichtet, dass Thorsten im Landgericht in Oldenburg die Strafen für die beiden Tatbestände zu einer Gefängnisstrafe von insgesamt zwölf Jahren zusammengeführt bekommen habe. Der sexuelle Missbrauch, der einen besonderen Vertrauensbruch gegenüber der angeheirateten Familie darstelle und schwerwiegende psychische Folgen für die betroffenen Kinder, vor allem Kathrin, habe, sei unter positiver Anrechnung seines Geständnisses auf neun Jahre Haftstrafe gerechnet worden, der Verkauf der Bilder ebenfalls. Zehn Jahre sind jeweils die Höchststrafen. Jan berichtete,

Kinderschänder hätten im Knast nichts zu lachen. Die anderen Gefangenen würden diese Taten verachten.

Jan ist durch das Leben mit der viel jüngeren Birgit selbst wieder richtig jung geworden. Er hat sich deutlich für mein Leben interessiert, was meine Großeltern sehr verwundert hat. Noch immer hat er diese angenehme väterliche Ausstrahlung, die mir schon aufgefallen ist, als er mit seiner Kollegin von Frau Neerstedt gerufen worden war. Wegen der Kinder denken er und Birgit darüber nach, ins Umland von Wilhelmshaven zu ziehen. Jan erzählte, er habe mit seiner verstorbenen Frau gerade über einen solchen Schritt nachgedacht und sich eigentlich seinen dicken Bausparvertrag für einen Hauskauf zuteilen lassen wollen, da sei sie krank geworden und binnen kurzer Zeit gestorben. Morgen nun wollen sie ein Häuschen am Ortsrand von Sande anschauen, das er bei Gefallen kaufen könnte. Birgit heißt übrigens wieder Böning wie die Kinder, den Namen Berg konnte sie bei der Härtefallscheidung los werden. Wie das jetzt aber aussieht, werden alle drei wohl bald Kessler heißen, so wie das mit Vati und mir mit dem Namen Schneider geplant gewesen war.

Als der Mercedes vom Hof gefahren war, meinte Oma verwundert: „Die kleine arme Kathrin sieht aus wie eine jüngere Ausgabe deiner Freundin Vanessa. Die gleiche Haarfarbe und Frisur, und auch die gleiche Augenfarbe. Aber diese Augen! Was sind die so traurig. Hoffentlich findet das arme Ding irgendwann wieder richtig ins Kinderleben zurück." Ich habe deswegen ja auch vor, immer den Kontakt mit ihr zu halten. Ich habe wieder gemerkt, wie viel ich bei ihr bewirken kann. Da will ich Birgit doch gerne behilflich sein. Und Opa hat schmunzelnd festgestellt, dass Birgit noch immer so „putzig" ist wie zu der Zeit, als sie auf dem Weg war, Frau Schneider zu werden.

Samstag, 29.06.1996

Seit vorgestern haben wir Sommerferien. Jetzt habe ich mal Ruhe und Zeit, wieder Einiges aufzuschreiben. Unsere Konfirmandenstunden mit Frau Voß sind richtig toll. Es ist so schade, dass viele unserer Klassenkameraden kein gutes Urteil über ihre Pastoren abgeben, unsere Pastorin gefällt uns acht ausgesprochen gut. Wir haben zuerst über die Organisation unserer Gemeinden gesprochen. Dann hat sie uns einige ganz wichtige Stellen aus der Bibel erklärt. Jetzt wissen wir, was mit manchen schwer verständlichen Worten und Formulierungen eigentlich ausgedrückt werden soll. Nach den Ferien will sie uns über die Reformation berichten. Da kommt Einiges von Thüringen, da freue ich mich besonders drauf. Opa hat mir bereits allerlei von Luther erzählt, auch von der Politik der damaligen Zeit. Das finde ich total spannend.

Aus unserer Klasse musste niemand sitzen bleiben. Es gibt aber jetzt doch größere Unterschiede in den Noten. Fast durchweg sind die Mädchen besser. Bei Vanessa und mir stimmt das nicht. Wir haben beide in fast allen Fächern ein „gut". Vanessa hat in Biologie ein „sehr gut", und in Mathe ein „befriedigend". Ich habe in Deutsch wieder mein „sehr gut", dafür aber in Englisch ein „befriedigend". Vanessa hat ja in Mathe ihre Verständnisprobleme, und ich bin ein bisschen faul im Vokabellernen. Langsam kommen die anderen Jungs auch in die Pubertät. Das ist ganz lustig, wie sich die Stimmen einiger anhören. Wenigstens Kai und ich haben jetzt ganz feste tiefe Stimmen, und Kai kein Halsweh mehr. Das hatte ich komischer Weise nie.

Morgen sind wir von der Feuerwehrclique und natürlich Rieke zu Kais Geburtstag eingeladen. Er ist jetzt der Erste von uns, der Vierzehn wird. Er hat Anneke, Vanessa und mir in einer stillen Stunde anvertraut, dass er und Rieke fest entschlossen sind, sofort nach Riekes Vierzehntem, den sie am achtundzwanzigsten September feiert, zum ersten Mal miteinander schlafen zu wollen. „Meine Eltern haben nur eine Bedingung: wir sollen sicher verhüten. Und Riekes Mutter - ihr Vater ist ja schon vor Jahren mit einer anderen Frau weg gezogen - hat schon alles mit ihrem Frauenarzt in die Wege geleitet. Solche Eltern muss man haben." Ich finde das gut, dass sich die beiden genau nach dem Gesetz verhalten wollen. Wenn beide vierzehn Jahre alt sind, machen sich ihre Eltern und auch sie selbst nicht mehr strafbar. Vanessa meint, wenn sie mal verliebt sein sollte, hätte sie mit ihren Eltern schon ein Problem, so schnell mit einem Kerl ins Bett zu fallen.

Anneke hat nur gelächelt, als uns Kai dieses Geheimnis anvertraut hat. Sie wird schon am zweiten August, also noch in den Sommerferien, vierzehn. Da darf sicher dann auch Erik ran, der vor etwa sechs Wochen seine Meisterprüfung als Tischler mit „gut" bestanden hat. Ich weiß nur nicht, ob das rechtlich ganz wasserdicht ist. Wir haben im Gemeinschaftskundeunterricht bei Frau Steinbrecher nämlich gelernt, dass über einundzwanzig Jahre alte Erwachsene nur unter bestimmten Bedingungen mit unter Sechzehnjährigen und über Vierzehnjährigen ungestraft schlafen dürfen. Erik und Anneke scheinen da kein Problem zu sehen. Unsere lange Halbholländerin mit den ewig langen blonden Haaren ist eh schon total verrückt nach unserem Jugendwart. Wie sie aussieht, könnte sie sowieso achtzehn sein. Ein Glück, dass die meisten aus unserem Alter doch noch nicht so sexhungrig sind.

Jule, Annekes zwölfjährige Schwester, erzählt im Schulbus keck und ohne Zaghaftigkeit, der Jugendwart der Feuerwehr unseres Ortes wäre schon fast mit ihr verwandt. Und bei den Übungen - sie ist ja jetzt auch in der Jugendfeuerwehr - nennt sie Erik manchmal Schwager. Das ist ein ganz schön freches Mädchen. Vanessa meint, die wäre in zwei Jahren sicher auch schon „pflückreif". Diesen Begriff hat sie von ihrem Vater. Obwohl wir in der Kneipe von Kais Eltern im Biergarten gefeiert haben, gab es keinen Schluck Alkohol. Sein Vater ist da eisern. Opa sagt, es ist schön, im Dorf einen so verantwortungsbewussten Wirt zu haben.

Sonntag, 29.09.1996

Annekes Geburtstagsfeier auf dem Bauernhof ihrer Eltern war wieder ein ganz außergewöhnliches Ereignis. Inmitten der Erntezeit hatten ihre Eltern und Geschwister wenig Zeit. Also gab es nur eine kurze Veranstaltung am Abend. Annekes Vater hat gegrillt. Dann gab es Musik in der Scheune und wieder einmal unsere Versuche zu tanzen. Das war richtig lustig. Als die Elterntaxis kamen, haben wir schnell noch aufräumen geholfen. Wir alle stiegen in die entsprechenden Autos, Uli nahm mich mit, um mich am Schnuckenhof im Vorbeifahren abzusetzen. Anneke war zu Erik ins Auto gestiegen, und die beiden fuhren zuerst vom Hof. Alles war sorgfältig geplant worden. Das war der zweite August.

Kais Eltern und Riekes Mutter haben gestern gemeinsam etwas fertig gebracht, was uns und sogar meinen Großeltern und Vanessas Eltern großen Respekt einflößt. Erstens haben sie im Hinterzimmer der Kneipe für Rieke die Geburtstagsfeier ausgerichtet. Wir Jugendlichen haben zum ersten Mal Riekes Mutter erlebt. Die ist richtig nett. Sie arbeitet in Fallingbostel im Kreishaus als Sachbearbeiterin. Zweitens haben sie gemeinsam das „Kinderzimmer", das Kai seit eh und je bewohnt, ein bisschen zum Liebesnest umgerüstet. „Wenn es schon so früh sein soll, dann aber bitte in schönem Ambiente und gegenseitigem Vertrauen." hat Riekes Mutter gesagt.

Dann war dies Thema kein Thema mehr, und wir haben genau so gefeiert, wie vor neun Wochen mit Kai. Rieke hatte drei vom Roten Kreuz ihres Dorfes mit eingeladen. Wir kennen die alle, dadurch war es ein schönes und lustiges Fest. Wir haben

Gesellschaftsspiele gemacht und unglaublich viel gelacht. Als wir uns dann alle verabschiedet haben, und Riekes Mutter mit den Dreien aus ihrem Dorf auch in ihr kleines Auto steigen wollte, kamen Kai und Rieke mit zum Wagen. Wir alle haben dann erlebt, dass sich die beiden herzhaft abgeküsst haben. Bis zu diesem Moment war das höchstens ohne Zuschauer passiert. Wir haben alle geklatscht und uns dann endgültig auf den Heimweg gemacht.

Ein schönes und bedeutsames Weihnachtsfest geht zu Ende. Am Heiligen Abend war ich mit meinen Großeltern in der Kirche, Oma und Opa als Besucher, wir Konfirmanden als Darsteller eines Theaterstückes. Am Nachmittag hatten die Kindergottesdienstkinder ein Krippenspiel aufgeführt, da waren viele junge Familien in der Kirche. Wir haben abends die Geschichte vom barmherzigen Samariter dargestellt. Frau Voß hatte daraus ein richtig lebendiges und lehrreiches Rollenspiel gemacht. Wir alle unserer Gruppe hatten Aufgaben. Da eigentlich nur wenige männliche und keine weiblichen Darsteller nötig gewesen wären, hat sie das Ganze als antikes Theater gestaltet. So hat sie es uns erklärt.

Alle ohne Rollen im Spielablauf standen im Halbkreis hinter den eigentlichen fünf Darstellern, nachdem sie in einem wirren Durcheinander die Räuber verkörpert hatten, unter die der Reisende gefallen war. Nachher haben die dann in Sprechchören oder auch einzelnen Beiträgen jede Szene allgemeinverständlich kommentiert. Unsere Eltern und Großeltern waren alle zutiefst beeindruckt. Meine Rolle war die des Opfers. Frau Voß hat mich ausgewählt, weil ich so gut stillhalten kann. Oma sagte dann zu Hause, als wir drei allein waren: „Frau Voß hat uns Schneiders richtig eingeschätzt. Wir haben gelernt, zu leiden ohne zu zerbrechen."

Am ersten Feiertag war ich bei Vanessas Familie eingeladen. An diesem Nachmittag ist mir klar geworden, was für ein prima Kerl ihr Bruder Carsten in Wirklichkeit ist. Die Angeberei mit seinen Kumpels ist ihm nicht ernst. Aber ernst sein kann er wirklich, richtig nachdenklich. Er wird Verwaltungsbeamter wie sein Vater, aber im Kreishaus. Inzwischen beschäftigt er sich intensiv mit den Themen der Jagd. Ich denke, er wird irgendwann den Jagdschein machen und seinem Vater im Revier zur Hand gehen. Und die Jüngste, die elfjährige Nele, ist noch ein richtiges Spielkind. Die mag ich schon immer gerne leiden.

Heute war dann Vanessa bei uns. Wir haben mit meinen Großeltern in aller Ruhe die zahlreichen alten Bilderalben durchgeschaut. Oma hat nicht nur ihre eigenen, sondern auch die meines Vaters. Der hat sehr viel fotografiert, das hatte ich bisher gar nicht gewusst. Und zu jedem Bild wussten meine Großeltern eine Erklärung. Für mich war das ein sehr bewegender Nachmittag. Und schön war, dass sich auch Vanessa so intensiv für das alles interessiert hat. Als wir Bilder von der Hochzeit meiner Eltern vor uns hatten, fragte sie uns plötzlich, ob wir eigentlich Kontakt zu Muttis Verwandten hätten. Meine Großeltern reagierten etwas verlegen. Oma erklärte: „Wir haben das vermieden. Nachdem unsere Schwiegertochter Lotte fremd gegangen war und sich bei Nacht und Nebel mit Leni davongemacht hatte, war uns nie mehr danach gewesen, mit der Familie Scholz Verbindung zu halten."

Opa schaute mich einen Moment nachdenklich an. Dann sagte er: „Jonas, Vanessa hat recht. Du hast ein Recht darauf, auch diese Verwandten zu kennen. Wenn du dann mit ihnen Verbindung halten willst, ist es in Ordnung, wenn nicht, auch. Aber das dürfen nicht wir entscheiden, das sollst du selbst machen." So bin ich durch Vanessa zu einem ganz unerwarteten Weihnachtsgeschenk gekommen. Opa hat nämlich gleich die Telefonauskunft angewählt und gefragt, ob in Arnstadt ein Erwin Scholz einen Anschluss habe. Prompt kam die Nummer. Dann wählte er die auch sofort und schaltete den Mithörlautsprecher an. Nach wenigen Ruftönen kam dann eine freundliche Frauenstimme: „Evelin Scholz. Wer spricht da bitte?" „Du wirst es nicht glauben, aber hier ist Achim Schneider. Lene und ich sitzen hier mit unserem gemeinsamen Enkel Jonas und wollen nun für ihn endlich die Möglichkeit schaffen, auch die Familie seiner Mutter kennen zu lernen. Er wird ja schon bald fünfzehn, da ist es dafür wohl höchste Zeit." Einen Moment hörte man am anderen Ende nur ein Aufschluchzen, dann kam eine ruhige tiefe Männerstimme: „Mensch, Achim, das ist ja ein tolles Weihnachtsgeschenk. Wo wohnt ihr denn jetzt?" Meine beiden Großväter haben dann fast eine Viertelstunde lang miteinander gesprochen, einige Fragen gegenseitig beantwortet und als offensichtlich Wichtigstes die Information ausgetauscht, dass auch mein Vater schon vor mehr als vier Jahren gestorben sei.

Schließlich wurde verabredet, dass wir am Neujahrstag nach Arnstadt fahren, dort in einem kleinen Hotel, das Opa Erwin organisieren könnte, übernachten, und so einige Tage wieder die Beziehung aufbauen wollten. „Wenn du die Zimmer bestellst, wir brauchen ein Doppelzimmer und zwei Einzelzimmer. Jonas wird seine beste Freundin mitbringen. Vanessa hat uns auf den Gedanken gestoßen, mit euch wieder Verbindung zu suchen. Dann darf sie auch mit." Er lachte: „Mit ihren Eltern kriegen wir das schon klar, dass die nichts dagegen haben." Er hat auch gleich mit Doris telefoniert und ihre Zustimmung erhalten. „Da hat auch Uli nichts einzuwenden, das weiß ich."

Dienstag, 07.01.1997

Heute war der erste Schultag nach den Weihnachtsferien. Als wir vorgestern von Arnstadt zurück gefahren sind, waren wir noch ganz aufgewühlt von den Erlebnissen und Gesprächen dort. Allein schon der Besuch dieses Städtchens mit seinen Stadtmauerresten und seiner stolzen Geschichte, dass hier Johann Sebastian Bach seine erste Frau kennengelernt hat, war die Fahrt wert. Oma erledigt solche weiten Fahrten anscheinend mit links. Aber besonders war das Kennenlernen meiner Großeltern Scholz. Das sind richtig liebe Leute. Oma Evelin hat uns am ersten Abend ganz viel aus den Kindertagen meiner Mutter Lotte erzählt und uns eingestanden, dass sie schwer darunter leidet, wie verzogen ihre Jüngste gewesen sei. Von den drei älteren Brüdern, aber auch von ihr und Opa, sei ihr so ein Bewusstsein verschafft worden, dass alles, was Spaß macht, das Wichtigste in der Welt sei.

Mein Vater habe sie dann ja auch regelrecht auf Händen getragen. In der DDR-Zeit war er ein Gutverdiener und konnte ihr Manches bieten, worauf andere junge Frauen verzichten mussten. So sei sie dann wohl im „goldenen Westen" der Versuchung erlegen, mehr Genuss zu bekommen, als Vati ihr dort habe bieten können. Der erfolgreiche Autohändler Tim habe sie mit Luxus geködert, und sie sei in Windeseile auf ihn geflogen und zur „Genussnudel" verkommen, wie Oma Evelin sie bezeichnete. Nach einer Fete bei einem Großkunden, zu der sie idiotischer Weise auch die kleine Leni mitgeschleppt habe, sei sie dann samt Leni - selbst reichlich angetrunken - von ihrem betrunkenen Freund Tim glatt tot gefahren worden. Er sei im Tran versehentlich rückwärts statt vorwärts gefahren und habe die beiden an einer Mauer zerquetscht.

Vanessa saß bei diesen Berichten neben mir und sagte keinen Ton, so erschüttert war sie. Und für uns Schneiders war das völlig neu, dass nicht irgendein Trunkenbold, sondern ausgerechnet Muttis Freund selbst die beiden getötet hat. Oma Evelin endete ihren Bericht mit den traurigen Sätzen: „Wir werden uns bis zu unserem Lebensende dafür schuldig fühlen, dass wir unsere Tochter und unsere Enkelin auf dem Gewissen haben. Ihr Verlust ist sicher Gottes Strafe dafür, dass wir Lotte so verzogen haben." Beide hatten Tränen in den Augen. Opa Achim schüttelte energisch den Kopf: „Diesen Zusammenhang gibt es nicht. Stellt euch vor, alle Missetäter würden von Gott mit dem Tode bestraft. Dann wäre die Erde fast menschenleer. Die Verantwortung für seine Fehler trägt letztlich jeder Mensch doch selbst. Lotte war erwachsen. Und der Hauptschuldige ist ja wohl dieser Tim."

Am nächsten Tag gab es dann im Rittersaal der Wachsenburg, die nicht weit weg von Arnstadt die einzige unzerstörte der „Drei Gleichen" ist, ein Familientreffen. Opa Erwin hat sich das Einiges kosten lassen. Alle drei Brüder meiner Mutter waren mit ihren Familien gekommen. Das sind alle miteinander richtig feine und liebe Leute. Und mit einer meiner Cousinen, der vierzehnjährigen Clara, hat sich Vanessa auf Anhieb gut verstanden, sie wollen sich Briefe schreiben. Die wohnen in Georgenthal, die beiden anderen Familien in Erfurt. Die restlichen Tage haben wir mit meinen vier

Großeltern zugebracht. Oma Magdalene hat geschwärmt: „So harmonisch wie in alten Zeiten! Was waren wir blöd, dass wir so lange mit der Kontaktaufnahme gewartet haben."

Dienstag, 20.05.1997

Nun ist unsere Konfirmandenzeit vorüber. Während viele Klassen- und Feuerwehrkameradinnen und -kameraden über ihre Konfirmandenstunden und manches andere gestöhnt haben, ging es uns dabei richtig gut. Wir sind das ganze Jahr über gern in den Unterricht gegangen, wir haben so Vieles gelernt, was uns im Leben nützen kann. Eine besondere Sache war der Vorstellungsgottesdienst am siebenundzwanzigsten April, in diesem Jahr in unserer Kirche, weil aus unserem Dorf mehr Familien betroffen waren als aus dem eigentlich größeren Nachbardorf, in dem die Pastorin mit ihrer Familie auch wohnt. Wir haben eine richtige Konfirmandenstunde vorgespielt. Viele Erwachsene waren verblüfft, was alles sie dabei gelernt haben.

Am elften Mai war dann unsere Konfirmation, nur für die aus unserem Dorf, die anderen waren schon eine Woche zuvor konfirmiert worden. Anneke und Vanessa wie auch Kai und ich sind jeweils miteinander eingesegnet worden. Wir vier halten immer noch prima zusammen. Meine Familie war richtig ungewohnt groß, wie fast alle anderen. Was ich nicht wusste, mein Onkel Bernd aus Georgenthal ist sogar mein Pate. Die Großeltern hatten aber die ganze Scholzsippe aus Thüringen eingeladen. Die hatten sich teilweise sogar schon ab Himmelfahrt frei genommen und hier Kurzferien gemacht. Iris hatte ihre beiden Wohnungen dafür frei gehalten, und im Nachbarhof Pfaff waren die Großeltern und die dritte Familie untergebracht. In der Scheunendiele der Bockelmanns, die wir zum Esszimmer umfunktioniert hatten, gab es viele interessante Gespräche. Dabei lernte ich, dass sich sowohl die Familie Scholz als auch die Familie Schneider zu DDR-Zeiten immer treu zur Kirche gehalten hatten, was gar nicht so einfach gewesen sein dürfte. Meine Eltern hatten sich in der jungen Gemeinde kennen gelernt.

Kais Eltern hatten natürlich Rieke und ihre Mutter eingeladen. Rieke war eine Woche zuvor konfirmiert worden. Das hatten sie auch in Hartmanns Gasthaus gefeiert. Dieses war dann an zwei Wochenenden geschlossen gewesen. Annekes Konfirmation ist in sehr kleinem Kreis gefeiert worden. Ihre Eltern, ihre Brüder Henk und Jost, ihre Schwester Jule, ihre einzige noch lebende Oma sowie Erik und seine Eltern waren die ganze Festgesellschaft. Die kleine freche Jule beschrieb uns die Feier so: „Anneke und Erik haben nebeneinander gesessen. Es war fast wie eine kleine Bauernhochzeit. Erik ist natürlich auch wieder über Nacht geblieben. Unsere Oma aus Holland hat mir übrigens erklärt, das wäre wohl ein heftiges Familienerbe, so frühreif zu sein. Opa sei vierzehn Jahre älter als sie gewesen und sie selbst noch siebzehn, als Mama zur Welt kam. Und die ist auch nur siebzehn Jahre älter als unser großer Bruder Henk. Oma hat mich gewarnt: ‚Also, Jule, pass auf dich auf'." Dieses Fräulein sieht mit seinen knapp dreizehn Jahren schließlich auch schon aus wie viele Sechzehnjährige noch nicht.

Bis zu den Sommerferien müssen wir uns jetzt anstrengen, wir wollen ja alle unsere Noten halten. Langsam gibt es die ersten Pläne, welchen Weg die Eine oder der Andere einschlagen möchte, wenn die Klasse Zehn dann in gut zwei

Jahren zu Ende sein wird. Kai und Rieke wollen beide ins Hotelfach und später Hartmanns Gasthaus zu einem Heidehotel aufmöbeln. So jung die beiden sind, sie haben schon eine gemeinsame Zukunftsplanung. Vanessa meint, Rieke solle sich nicht so binden. Was könne noch alles geschehen. Aber ich denke, die Beiden sind sich ihrer Beziehung schon reichlich sicher.

Vanessa will auch kein Abi machen, ganz im Gegensatz zu mir. Das ist eigentlich schade, weil sie eine so gute Schülerin ist. Aber ihr Ziel, Medizinische Fachangestellte zu werden, lässt sich gut verstehen. Dieser Beruf entspricht genau ihrer Besonderheit, Biologisches sofort zu begreifen und sich Menschen gegenüber sicher zu verhalten, auch und gerade, wenn sie schwierig sind. Unser Hausarzt Dr. Kellermann, der vor zwei Jahren im Nachbarort die Praxis seines Vaters übernommen hat, hat ihr sogar schon zugesagt, dass er und sein Team ihr den praktischen Teil ihrer Ausbildung ermöglichen werden. Anneke plant eine Lehre zur Bürokauffrau. „Eriks Mutter braucht ja mal eine Nachfolgerin im Büro." Die Tischlerei Petershagen hat schließlich inzwischen schon zwei Chefs, zu seinem Vater Reinhard jetzt auch Erik. Ich selbst möchte studieren, entweder Germanistik oder Jura.

Dienstag, 30.12.1997

So richtig regelmäßig Tagebuch Schreiben klappt zurzeit nicht. Vielleicht erscheint mir alles zu normal, was ich erlebe, obwohl es sowas wie „normal" eigentlich gar nicht gibt. So will ich wenigstens das aufschreiben, was die zweite Hälfte dieses Jahres doch ein bisschen besonders gemacht hat. Unsere ganze Clique hat den Plan, den wir schon länger hatten, tatsächlich ausgeführt: Wir haben tanzen gelernt. Die Tanzschule Kiehl, deren Sitz in einem der Dörfer im Heidekreis ist, hat eine Ausschreibung gemacht, für genügend große Interessengruppen vor Ort in geeigneten Räumen Tanzkurse anzubieten. Da gab es verschiedene Modelle. Wöchentlich eine Einheit, wöchentlich zwei Einheiten oder sogar Ferientanzschule als eine Art Crashkurs. Weil wir bei Weitem nicht alle Schüler sind, für die das letztere Modell gepasst hätte, haben wir von den beiden Jugendfeuerwehren unserer benachbarten Dörfer uns für zweimal wöchentlich entschieden.

Anders, als das üblich ist, haben wir schon im Voraus die Tanzpärchen festgelegt. Unsere Jugendwartin Tanja ist frisch verheiratet, ihr Mann Jens und sie waren die Ältesten. Der andere Jugendwart Erik ist ja fest mit Anneke liiert. Und auch die anderen älteren Kameradinnen und Kameraden bis hinunter zu Jule als der Jüngsten von denen, die teilnehmen wollten, haben entweder schon feste Beziehungen oder waren problemlos für die Kurszeit zu „verkuppeln", wie Tanja das nannte. Sie hat das Ganze perfekt organisiert, und im Gasthaus Hartmann waren wir hochwillkommen. Kais Eltern haben nicht einmal Miete für den Saal genommen. Das Ehepaar Kiehl, selber jahrelang erfolgreiche Turniertänzer, bietet einen abwechslungsreichen und lustigen Unterricht. Wir haben direkt nach den Sommerferien am achtundzwanzigsten August angefangen, uns immer Montag und Donnerstag am Abend getroffen, und schon am freundlicherweise auf einen Samstag fallenden Nikolausabend unseren Abschlussball organisieren können.

Unsere Mädels können jetzt alle perfekt tanzen, und auch wir Jungs haben uns gar nicht so blöd angestellt. Beim Abschlussball gab es einen kleinen freiwilligen Wettbewerb, Jury waren unsere eingeladenen Familienmitglieder. Den ersten Preis haben zu unserem großen Erstaunen Vanessa und ich gewonnen. Frau Kiehls Kommentar dazu war, als wir alle uns dann in der Nacht von ihr verabschiedet haben: „Ihr beide harmoniert wirklich perfekt. Ihr wisst sicherlich auch viel vom Denken und Fühlen des Partners." Wenn ich mir das recht überlege, so stimmt das auch. Und Vanessa ist, glaube ich, zum Tanzen geboren.

Mittwoch, 30.12.1998

Gerade habe ich bemerkt, dass es ein ganzes Jahr her ist, seit ich den letzten Eintrag ins Tagebuch gemacht habe. Dabei war dieses Jahr alles andere als langweilig. Fangen wir mit der hohen Politik an. Helmut Kohl ist nicht mehr Regierungschef. Kanzler ist nun ein Niedersachse, er heißt Gerhard Schröder und war zuvor hier Ministerpräsident. In unserer Schule gibt es jetzt eine ganze Reihe Schüler, die nicht in Deutschland geboren wurden aber Deutsche sind, auch wenn sie als Muttersprache russisch haben. Das sind Spätaussiedlerkinder. Ihre Eingliederung klappt aber recht gut. In der Feuerwehr gibt es langsam Verschiebungen. Tanja ist schwanger und hat deswegen ihre Aufgabe als Jugendwartin an Marie Zwanziger abgegeben. Wir kannten die vorher kaum, finden aber inzwischen, dass sie ihre Sache prima macht. Erik wird wohl auch bald abgelöst. Wenn Tanjas Vater als Ortsgemeindewehrführer aufhört, was er plant, soll sein jetziger Stellvertreter Peter Borstel sein Nachfolger werden und Erik dessen Stellvertreter. Alles ist in Bewegung.

Weihnachten war ganz ähnlich wie im letzten Jahr. Die Konfirmanden haben wieder ein Gleichnis aufgeführt. Opa meinte danach, Frau Voß sollte Drehbücher für Bibelfilme schreiben. Der Tag bei Kleinschmidts war ein bisschen durch eine Erkältung Neles, der kleinen Schwester von Carsten und Vanessa, beeinträchtigt. Dafür war dann der Tag mit Vanessa bei uns umso entspannter. Nachmittags riefen die Thüringer nacheinander an, es war richtig schön.

Am Freitag, dem sechzehnten Juli, war die Entlassungsfeier für alle die Schüler, die mit dem Sekundarabschluss am Ende der Klasse Zehn die Schule beendet haben. Aus meiner Clique bin ich ab dem nächsten Schuljahr nun noch der Einzige, der weitermacht. Ein bisschen werden mir meine Freunde fehlen. Vanessa und Anneke bleiben ja zum Glück im Dorf. Vanessa kann mit dem Linienbus zur Fachschule nach Lüneburg und zurück fahren, in die Praxis Kellermann bei gutem Wetter sogar mit dem Fahrrad. Anneke macht ihre Lehre praktischer Weise im Dorf im Betrieb von Petras Eltern, die können Bürokaufleute ausbilden. Sie wohnt ab sofort nicht mehr zu Hause sondern fest bei Erik. Rieke und Kai ziehen in den Harz. Riekes Mutter hat dort eine Verwandte, in deren Hotel eine duale Ausbildung im Hotelfach möglich ist. Die gute Frau lässt unsere Turteltäubchen sogar zusammen in einem Dachzimmer des Hotels wohnen, das nebenan eine eigene Nasszelle hat.

Wenn es irgend zeitlich einzurichten ist, will Vanessa mit mir die Ferienzeit zum frühmorgendlichen Wildbeobachten nutzen. Nach den Ferien wird das nur noch ab und an am Wochenende möglich sein. Ralf Bockelmann hat mich für vier Wochen als Bauhelfer engagiert. Iris und er wollen nun auch das Häuschen, in dem wir wohnen, äußerlich an die beiden größeren Häuser anpassen und auch die dem Hof zugewandte geschlossene Seite der riesigen Schafhalle so umgestalten, dass der ganze Hof eine einheitliche Ansicht bekommt. Iris meint, dann wird es noch einfacher, die Ferienwohnungen zu vermieten. Ich werde mir das verdiente Geld zurücklegen, um frühzeitig meinen Führerschein machen zu können. Einiges habe ich erfreulicher Weise schon auf meinem Sparbuch. Konfirmationsgeschenke, einige Entlohnungen von Hilfen bei Bockelmanns und die Hälfte der Prämie vom Jagdpächter für die Zählarbeit, die sich Vanessa und ich geteilt haben.

Vanessa fährt nun erst einmal mit ihrer Familie an die Ostsee. Wenn sie wieder da ist, wartet auf sie eine Überraschung. Mein Patenonkel Bernd hat mit seiner Familie eine Ferienwohnung im Reiterhof von Annekes Eltern gemietet. Clara und die beiden Jungs wollen bei Annekes Vater reiten lernen. Sein Ältester Henk hat seine Ausbildung zum Reitlehrer noch nicht ganz fertig. Ein Wiedersehen mit Clara, der sie immer noch ab und an Briefe schreibt und die wieder ihr, wird Vanessa sicher große Freude machen. Clara hat ihr im letzten Brief nichts verraten.

Sonntag, 05.09.1999

Wie ich vermutet hatte, war die Anwesenheit der Familie Scholz aus Georgenthal hier im Reiterhof Stern, also bei Annekes Eltern, für Vanessa eine schöne Überraschung. Als ich es ihr erzählte - sie war zur Berichterstattung über ihren Urlaub mit dem Fahrrad zu uns gekommen - sind wir auch gleich hinübergefahren, um vor allem Clara zu sehen. Von uns zu Sterns gibt es einen schönen Schleichweg durch die Heide, der sich bei trockenem Wetter auch gut mit dem Fahrrad befahren lässt. Er endet am Reitplatz direkt gegenüber dem großen Schiebetor zum Hauptgang des Pferdestalls. Da im Sommer alle Pferde auf den Koppeln weiden, steht dieses Tor von früh morgens bis spät abends sperrangelweit offen.

Wir zwei haben gute Augen und sind das Beobachten ja wirklich gewohnt. Als wir von den Rädern stiegen, die wir um den Reitplatz herum schieben müssen, bemerkten wir beide auch sofort zwei junge Leute, die sich im Schatten direkt im Eingang zum Pferdestall umarmt hielten und langanhaltend küssten. Clara und Henk. Ganz diskret verdrückten wir uns sofort an der langen Stallwand vorbei in den Hof. „Sind wir die einzigen in unserem Alter, die sich noch in niemanden verknallt haben?" Vanessa schüttelte den Kopf. „Warum nur so eilig, liebe Leute?" Ich lachte. Dann verabredeten wir schnell, weder den Eltern Scholz noch den Eltern Stern etwas zu verraten. Wenn die beiden das geheim halten wollten - und so sah es ja aus - dann wollten wir keine Spielverderber sein. Clara wird in wenigen Wochen siebzehn und Henk ist zwanzig. Wenn es da halt funkt …

Bis zum Ende des Urlaubs der Familie Scholz haben sie aber ihre Verliebtheit nicht verborgen halten können. Die pfiffige Jule beobachtet sehr genau. Ihr fielen schnell die verstohlenen Blicke der frisch Verliebten auf. Also hat sie einmal, als die beiden wieder gemeinsam unauffindbar waren, nach ihnen gesucht und sie beim Knutschen in einer Pferdebox beobachtet. Sie muss ihr Wissen so geschickt in beide Familien geschafft haben, dass dort niemand verärgert, sondern alle eher erheitert gewesen seien, hat mir Claras ein gutes Jahr jüngerer Bruder Ronny grinsend berichtet. Clara muss jetzt erleiden, dass sie von ihren kleinen Brüdern „Frau Reiterhof" genannt wird. Nun schreibt sie keine Briefe mehr an Vanessa sondern telefoniert täglich mit Henk. Jule hat berichtet, der Abschied der beiden sei außerordentlich tränenreich gewesen.

Nun geht es in der Oberstufe mit den Kursen los. Meine Prüfungskurse sind, als Leistungskurse P1 bis P3: Deutsch, Geschichte und Politische Wissenschaften, dazu als P4 Biologie und P5 Englisch. Eine Arbeitsgemeinschaft Recht gibt es auch, die ich freiwillig zu allen Kursen zusätzlich belegt habe. Langsam verschieben sich meine Berufspläne immer mehr Richtung Jura. Das hat wohl Einiges mit den bösen Erinnerungen an den Missbrauch meiner Pflegeschwestern zu tun. Praktisch ist, die schnellen Busverbindungen nach Soltau werden immer wieder verbessert, ich habe kaum längere Wartezeiten.

Vanessa hat ihre ersten Tage in der Praxis Kellermann nun hinter sich. Durch die späten Schulferien hat ihr unser Doktor noch eine richtige Erholungspause zugestanden. Das hat aber jetzt zur Folge, dass schon in einer Woche der erste Blockunterricht in Lüneburg beginnt. Ihre Ausbilderin, Sarah Pfeiffer, meint, da fehlt ihr nichts dazu. Also fährt sie dann vermutlich ganz wohlgemut nach dort. Kellermann hat sie bei der Arbeit am Schreibtisch beobachtet. Er hat ihr sofort aufgetragen, sie solle jede Woche mindestens einmal zum Schwimmen gehen. Dann würde nämlich ihr Körper wesentlich entkrampfter werden. Weil mir das auch nicht schaden kann, gehen wir ab sofort jeden Samstag und jeden Sonntag früh gemeinsam ins Schwimmbad. Wenn die öffnen, sind wir schon da, wir können ja früh aufstehen. Heute waren wir zum ersten Mal mit den Rädern im Hallenbad. Vanessa affenschick in einem orangefarbenen Bikini mit ganz schmalen dunkelgrünen Einfassungen und Trägern, der ihrer hübschen Figur mächtig Wirkung verleiht. Als wir aus den Umkleidekabinen kamen, fing sie an, schallend zu lachen. Oma hat mir vor Kurzem eine bequeme neue Badehose gekauft, dunkelgrün mit ganz schmalen orangefarbenen Einfassungen. Unbeabsichtigter Partnerlook. Mit vier älteren Herrschaften, alle sicher über Siebzig, waren wir ganz allein und konnten ordentlich Strecke machen.

Samstag, 15.04.2000

Das ist heute er erste Samstag in den Osterferien, die in diesem Jahr sehr spät liegen. Nun sind schon fast drei Viertel der Klasse elf vorüber, und ebenso viel vom ersten Ausbildungsjahr meiner Freunde. Vanessa geht in der Arbeit bei Dr. Kellermann richtig auf, und Anneke wird von Karins Eltern sehr gelobt, weil sie so ehrgeizig ist. Alle Vorgänge in Werkstatt, Reifendienst und Tankstelle hat sie flott begriffen. Und ihre frühe Zugehörigkeit zu Eriks Familie ist inzwischen auch im Dorf eine Selbstverständlichkeit. Rieke und Kai schreiben uns treu jeden Monat einen Brief, den wir drei dann auch schnell beantworten. Und mit den Feuerwehrleuten aller Generationen bilden wir eine enge Gemeinschaft. Mit meinen Schulleistungen bin ich ganz zufrieden.

Opa lag im Februar einige Tage im Krankenhaus. Weil er mit dem steifen rechten Bein immer etwas unsicher läuft, ist er auf einer gefrorenen Pfütze ausgerutscht und hat sich ausgerechnet das schlechte Bein verletzt. Die haben ihn aber wieder ordentlich zusammen geflickt. Seitdem geht er samstags mit Vanessa und mir ins Hallenbad, Oma bringt uns hin. Sie bleibt lieber aus dem Wasser draußen und trinkt im benachbarten Cafe einen Espresso. Ich glaube, sie kann gar nicht richtig schwimmen. Opa trotz seines steifen Beines aber sehr wohl. Als er das erste Mal mit war, hat er Vanessa nun auch in ihrem Superbikini gesehen. Da hat er sich richtig ein bisschen vorbei benommen und anerkennend gepfiffen, als sie aus der Umkleide kam. Sie sieht aber auch wirklich umwerfend aus.

Sonntag, 22.10.2000

Morgen habe ich meine erste Fahrstunde. Am Freitag war ich schon abends in der Fahrschule. Der Fahrlehrer ist der jüngere Bruder von Karins Vater Hinnerk Zilch. Während der die Werkstatt und die Tankstelle betreibt, hat sein Bruder Bodo im Geburtshaus seiner Frau die Fahrschule eingerichtet. Er ist Karins Patenonkel und hat ihr die Kurse für die Ausbildung zur Sanitäterin für die hiesige Feuerwehr bezahlt. Karin ist so alt wie Carsten, Vanessas großer Bruder. Sie hat die gleiche Ausbildung wie Vanessa in einer orthopädischen Praxis in Bad Fallingbostel gemacht. Seit dem ersten August ist sie nach ihrer Prüfung dort fest angestellt. Sie und Vanessa verstehen sich gut, sie sind trotz des Altersunterschiedes recht eng miteinander befreundet. Fast so wie Vanessa und ich.

Karin ist auch nicht so eilig mit der Liebe. Sie hat aber eine sehr liebevolle Art, mit Menschen um zu gehen. So ist sie wie Vanessa für den Beruf als Medizinische Fachangestellte bestens geeignet. Vanessas Geburtstag am elften August war zum Glück ein Freitag inmitten der Sommerferien. So konnten wir ausgiebig feiern. Sie hatte Clara am Telefon gefragt, ob sie nicht zum Feiern kommen wolle. Clara ist ja schon am neunundzwanzigsten April siebzehn geworden. Da durch den ersten Mai, der auf den Montag danach fiel, Henk dorthin fahren konnte, hat sie den kurzerhand mit etwas mühselig erreichter Zustimmung ihrer Eltern in ihrem eigenen Bett einquartiert. Bei den Beiden wird es auch langsam ernst. Also war Clara natürlich gerne hier zu Vanessas Geburtstagsfeier, zusammen mit Henk, und ist dann auch mit dem nach Hause. Sie hatte Ferien und ist fast zwei Wochen lang bei Sterns geblieben.

Dieses Wochenende werde ich mein Leben lang nicht vergessen! Wir haben seit Donnerstag Schulferien. Ich habe beschlossen, vor der nach diesen Ferien beginnenden Abiturklasse - ich mache nach dreizehn Schuljahren Abi, alles Andere halten sowohl ich als auch meine Großeltern für Unsinn - noch einmal richtig in den Bauernbetrieb der Bockelmanns einzutauchen. Opa kann keinen Nachtdienst mehr bei den Schafen machen, bestimmt kann ich Ralf irgendwie entlasten. Sein Vater ist auch nicht gut beieinander. Ralf hat jetzt einen jungen guten Schäfer aus dem Nachbarort angestellt, der seine eigenen Schnucken verkaufen musste, weil seine Frau krank geworden ist und ihm nicht mehr ausreichend helfen konnte. Jetzt ohne Schafe ist sie wieder ganz gut dabei. Wir kennen sie auch, sie hilft ab und an im Hofladen.

Der erste Ferientag war Ausschlaftag, das habe ich mal nötig gehabt. Und am Freitag hatten wir uns ab sechzehn Uhr zu einer Arbeitsstunde am Feuerwehrhaus verabredet. Wir waren noch gar nicht vollzählig. Der fünfzehnjährige Michi, Vanessa und ich hatten gerade den Mannschaftsbulli mal richtig sauber gemacht, den jetzt meistens ich fahre, da kamen Anneke und Eric mit den Fahrrädern auf den Platz. Erik ist ja jetzt stellvertretender Ortsgemeindewehrführer und Anneke Jugendwartin für unsere zahlreichen ganz Kleinen. Plötzlich gingen alle unsere Pieper gleichzeitig los, die Sirene heulte und in der Halle blinkten die Funkgeräte. Erik hatte seines zuerst, erfuhr, dass die Auffahrt Dorfmark der A7

69

Richtung Hamburg Unfallstelle sei und ein LKW brenne. „Jonas, pack den Bulli voll und fahrt los, die brauchen Leute, wir kommen mit dem großen Löschfahrzeug nach." So schnell waren wir noch nie einsatzbereit, im Bulli und los. Vanessa und Anneke neben mir, an der Schiebetür Michi und weiter innen wie hinten noch fünf unserer jungen Kameraden, als älteste Karin, unsere Sanitäterin, als jüngste Nele, Vanessas kleine Schwester.

Dadurch, dass der LKW direkt an der Einfädelspur brannte, hatten wir kein Rettungsgassenproblem, wenn wir über die Grünfläche auffuhren. Das hatte ich bereits mehrfach geübt. Unser Bulli hat besondere Reifen, eine Spende von Karins Vater, der ja an seiner Tankstelle einen Reifendienst unterhält. Dadurch fährt er sich wie ein Gocart, vor allem wenn er schwer ist, und geht trotzdem gut durchs Gelände.

So waren wir mit Blaulicht und Martinshorn ruck-zuck über unser Sträßchen und die B 440 am Unfallort. Das Bild war grausig. In einen Lastzug war ein weiterer aufgefahren, dessen Kühlauflieger lichterloh brannte. Die Kameraden, die schon da waren, suchten mit Schaum und Wasser zu löschen und den Fahrer zu bergen. Dadurch war noch keiner an den beiden PKWs, die hinter dem brennenden LKW unter diesen und ineinander gerast waren. Der hintere war leer, die Türen hatten sich offenbar noch von innen öffnen lassen. Auf der Leitplanke saßen zwei zitternde Frauen mittleren Alters. Nele versorgte sie mit Schutzdecken. Uns interessierte nur der andere PKW, in dem Personen eingeklemmt waren.

Zwei der Jungs und ich hatten die Werkzeuge, die immer hinten im Bulli dabei sind, sofort zur Hand. Mit der Motorschere und einem Brecheisen brachen wir die Fahrertür, zumindest das, was davon noch erkennbar war, erfolgreich auf. Zugleich hatten Anneke und Michi, unser Kraftprotz, die hintere Beifahrertür aufbekommen.

Karin bremste uns sofort, als wir die schlaffe Fahrerin aus dem Wagen ziehen wollten. „Da kommen gerade die Retter, das müssen die, der Notarzt und ich machen, schafft ihr lieber die Autos vom Brandherd weg!" Geistesgegenwärtig sprang Vanessa in den Bulli, fuhr damit gegen die Fahrtrichtung hinter den zweiten PKW und schrie: „Anhängen!" Nele hatte das Manöver ihrer Schwester sofort verstanden und unser Drahtseil schon in der Hand. Zum Glück hatte der hintere Wagen auch eine Anhängerkupplung.

Inzwischen konnte Anneke den PKW-Gurt zerschneiden und Michi damit die Möglichkeit geben, den Autokindersitz mit dem kleinen Mädchen darin herauszuziehen und weg vom Geschehen zu tragen. Während nun die Rettungsleute die Fahrerin auf eine Luftpolstertrage bergen konnten, war Vanessa schon wieder mit dem Bulli da. Wir befestigten das Drahtseil an der offenen Abschleppöse des zermatschten PKWs, und auch dieses Fahrzeug konnte Vanessa ein gutes Stück wegziehen.

Jetzt erst konnten wir erkennen, dass außer der Fahrerin und dem kleinen Mädchen niemand sonst im Wagen gewesen war. Auf der Beifahrerseite hätte auch niemand überlebt. Allmählich merkten wir alle, dass wir da hinter dem brennenden Aufleger direkt neben den Flammen ganz schön gefährlich gelebt hatten. Inzwischen war Erik mit unserem schweren Löschfahrzeug angekommen und half mit seinen Leuten, die letzten Flammen zu löschen. Und Vanessa hatte auch vor ihrem achtzehnten Geburtstag den Bulli prima im Griff gehabt. Die Führerscheinprüfungen hatte sie ja schon bestanden.

Die Wehrleute aus Fallingbostel und Dorfmark hatten den Fahrer des brennenden Fahrzeugs, der zuerst aufgefahren war, tot aus dem Fahrerhaus geborgen. Und der Fahrer des vordersten Lasters, der durch rücksichtsloses Einscheren auf die Fahrbahn das Ganze verursacht hatte, war nach einem Puster ins Röhrchen von der Polizei mit Verdacht auf mehr als zwei Promille in Handschellen zur Blutprobe abgeführt worden. Er hatte massiv Widerstand geleistet. Wir halfen dann noch den Abschleppunternehmen beim Bergen der PKWs und der beiden Lastwagen, wobei der vordere trotz total verbeulter und verbogener Heckpartie sogar nach fahrfähig war. Die Reinigung der Fahrbahn dauerte bis gegen einundzwanzig Uhr.

Erik und ich sammelten nun unsere Mitfahrer wieder alle ein und fuhren zurück, Anneke natürlich jetzt mit ihm. Ich musste mich verdammt konzentrieren, so erschöpft war ich. Vanessa, die nun mit Karin neben mir saß, fragte mich plötzlich, ob sie bei mir duschen könne. Das ganze Haus sei voller Besuch, der ihr recht gleichgültig sei, ihr großer Bruder Carsten feiere ja mit seiner Clique seinen Einundzwanzigsten. „Und die Jungs müssen vor lauter Bierkonsum ständig aufs Klo, da sind alle drei Toiletten einschließlich Badezimmer dauernd belegt." „Klar kannst du das." „Puh!" meinte Karin. „Das wäre mir aber auch zu doof. Gut, dass Jonas dir die Möglichkeit bieten kann." Als der Bulli aufgeräumt und in der Halle war, nahmen wir beide unsere Fahrräder und waren kurz darauf auf Bockelmanns Schnuckenhof. Vanessa sagte mir, sie habe Einiges zusammengepackt, um sich nach der Übung bei mir frisch zu machen. Vielleicht könne sie ja dann noch mit Carsten ein bisschen feiern und mich dazu mitschleppen. Jetzt sei ihr aber erst einmal nur nach Duschen.

Oma hatte mir wie immer auf dem Küchentisch einiges zum Abendbrot hingestellt, so konnten wir uns eine Kleinigkeit einverleiben. Aber viel ging nicht, der Organismus war noch zu sehr unter Strom. Oben setzte sich Vanessa auf meinen Schreibtischstuhl, zog sich ihre Schuhe und Strümpfe aus und schickte mich zuerst unter die Dusche. „Ich muss erst noch ein bisschen herunterkommen." Also warf ich meine Klamotten bis auf die Unterhose vor das Fußende meines Bettes, schnappte meine Badehose und verschwand in mein Minibad. Hätte Vanessa nicht in meiner Stube gewartet, hätte ich sicher länger gebraucht, so aber eilte ich mich, damit auch sie gleich den Genuss der Rauch- und Schweißbeseitigung erleben konnte. Als ich in der Badehose zu ihr kam, hatte auch sie sich bis auf ihren BH und den Slip ausgezogen, aus ihrer Tasche ihren mir wohlbekannten orangefarbigen Bikini gegriffen und verschwand nun ihrerseits in meiner Nasszelle.

Sie hat sich ordentlich Zeit genommen, das gönnte ich ihr auch. Inzwischen packte ich sorgfältig ihre Jeansshorts und das verschwitzte Shirt auf meinen Schreibtisch und daneben meine Shorts. Mein verschwitztes Zeug kam in meinen Wäschekorb, darauf legt Oma großen Wert. Entspannt setzte ich mich auf mein Bett. Die Luft tat dem Körper gut. Schließlich hörte das Duschwasser auf zu laufen, und leise vor sich hin summend trocknete sich Vanessa nun wohl ab.

Schließlich ging die Tür auf und sie stand vor mir in ihrem schicken Bikini, wunderbar anzuschauen. Ihre Augen schimmerten seltsam, wie Bernsteine. So verführerisch hatte ich sie noch nie gesehen. Alle Erschöpfung war mit einem Mal verflogen. Und schon fielen wir übereinander her. Dass es uns beide einmal so erwischen würde, hätte ich nie für möglich gehalten. Aber plötzlich war alles anders. Und traumhaft schön.

Als ich am Morgen vom Trommeln der Regentropfen auf dem Wohndachfenster über meinem Schreibtisch aufgeweckt wurde, lagen wir unter meiner leichten Bettdecke, mein Mädchen halb auf mir in meinem rechten Arm, mit ihrem schlafenden Gesicht in meiner Halsbeuge. Sanft streichelte ihr Atem meinen Hals. Eine ganze Zeit lang genoss ich diesen Zustand Haut auf Haut, bis sie dann auch die Augen aufschlug. „Na, mein Katerchen, gut geschlafen? Dein Kätzchen jedenfalls hat, glaube ich, noch nie in seinem Leben so gut geschlafen wie heute Nacht." Als Antwort gab es einen langen Kuss. Als wir schließlich aufgestanden waren, uns erneut geduscht und unsere Shorts mit frischen T-shirts an hatten, gingen wir hinunter in die Küche, wo meine Großeltern noch am Frühstückstisch saßen, längst wohl aber fertig.

Oma hatte eine CD aus ihrer großen Sammlung in ihr Küchenradio geschoben. Nach kurzen Schaltgeräuschen erklang genau in dem Moment, als wir durch die Küchentür eintraten: „Tausendmal berührt, tausendmal is nix passiert, tausend und eine Nacht, da hat´s ‚Zoom' gemacht." Der Sänger Klaus Lage besang treffend unsere neue Lage. Opa stand auf, nahm Vanessa liebevoll in seine Arme und meinte: „Ihr habt uns ganz schön zappeln lassen. Dass es mal schließlich so weit kommen würde, haben wir uns immer schon gedacht."

Für uns beide waren schon Gedecke auf dem Tisch. Während wir uns nun bei einem guten Kaffee unser Frühstück schmecken ließen, berichtete Oma, sie habe schon um kurz nach neun zur Beruhigung bei Doris und Uli Kleinschmidt angerufen. Uli sei im Wald unterwegs, habe Vanessas Mutter fröhlich verkündet, und ihre große Tochter sei ja nun wohl endlich bei ihrem Jonas im Bett gelandet. „Da gehört sie ja schon lange hin." Oma meinte, den Anruf hätte sie sich also einerseits sparen können, andererseits sei ein nettes Müttergespräch daraus geworden. Mein Kätzchen stöhnte: „Au weia!", und wir alle vier haben herzlich gelacht.

Nachmittags waren wir dann bei Vanessas Eltern und haben das Eine oder Andere besprochen. Bis zum achtzehnten Geburtstag meines Kätzchens am 11. August werden wir in seinem Zimmer zusammen wohnen. Anschließend ziehen wir um in mein Dachgeschoss. Vanessa hat ja dann ihren Führerschein - bestanden ist er längst - und kann mit ihrem kleinen Twingo zur Arztpraxis Kellermann und nach Lüneburg fahren. Von uns aus ist das sogar näher. Außerdem ist ihr Zimmerchen klein und das Bett recht schmal. Bei mir ist das alles um Einiges größer. Mein Bett ist einen Meter und vierzig Zentimeter breit, ein prima Kuschelnest. Ob ich vom Dorf aus direkt oder erst nach der kurzen Fahrradfahrt mit dem Schulbus nach Soltau fahre, bleibt sich fast gleich. Meistens fahre ich ohnehin mit dem Auto meiner Oma.

Heute Nacht waren wir noch einmal hier bei mir. Wir haben wenig geschlafen. Nach der wilden Sache in der Nacht zuvor haben wir uns jetzt die Zeit genommen, uns ausführlich miteinander zu beschäftigen und uns gegenseitig neu kennenzulernen. Das war schön. Und überraschender Weise notwendig, obwohl wir seit fast sechs Jahren so vertraut miteinander sind. Jetzt sitze ich hier am Schreibtisch und Vanessa hilft Oma unten in der Küche bei der Vorbereitung zum Mittagessen. Mein Kätzchen ist jetzt ein vollwertiges Familienmitglied, und ich bin das bei Kleinschmidts auch. Übrigens hat ja Vanessa unsere Kosenamen „Katerchen" und „Kätzchen" am Morgen nach unserer ersten Nacht erfunden. Die wollen wir aber nur benutzen, wenn wir alleine sind.

Zu einem außerordentlich wichtigen Thema, das ich - mein Kätzchen sagt: „Typisch Mann!" - in den aufregenden letzten sechsunddreißig Stunden gar nicht auf dem Schirm hatte, hat mich mein Mädchen beruhigen können. „Seit du mich im Schwimmbad so begehrlich angestarrt hast, wusste ich, was demnächst passieren würde. Also habe ich mir die Pille verschreiben lassen und sie auch sofort einzunehmen begonnen. Dann bist du nicht so recht weiter gekommen,

hast vielleicht auch gar nicht gewusst, was mit dir los ist. Also habe ich den Geburtstag meines Bruders zum Verführungsabend ausgeguckt. Fast hätte mir der Feuerwehreinsatz diesen Plan verdorben, erwies sich aber danach sogar als nützlich. Als Grund für meinen Wunsch, bei dir zu duschen. Erst als du unter deiner Brause warst, habe ich beschlossen, dich nicht nackt zu überfallen, sondern im Bikini. Ich dachte mir, Auspacken gehört zu jedem Geschenk dazu, wie an Weihnachten. Das steigert intensiv die Spannung."
Ganz schön raffiniert, mein Kätzchen. Aber auch verantwortungsbewusst.

Sonntag, 19.08.2001

Am neunten August ging die Schule wieder los. Wir hatten gleich am zweiten Unterrichtstag, dem Freitag, eine Klassenstufenversammlung, in der uns unser Schulleiter über die Besonderheiten unserer nun durch die Abiprüfungen der „Zwölfer" erheblich kleiner gewordenen Kurse informierte. Ich war erstaunt, wie viele Mitschüler doch die Entscheidung getroffen hatten, dreizehn Jahre durchzuhalten. Als ich mir unseren Haufen näher betrachtete, man kennt sich ja doch sehr gut, fiel mir auf, dass alle, die schon einen festen Freund oder eine feste Freundin haben, nicht nach zwölf Jahren Abitur gemacht hatten. Der Gedanke an die Zukunft hetzt nicht, sondern weckt Verantwortung, wenn du verpartnert bist. Vanessa und ich merken das jetzt auch. Wir führen darüber ausführliche Gespräche.

Direkt am ersten Schulwochenende war ja der Samstag ihr Geburtstag. Uli hatte den Führerschein zu Hause und legte ihn ihr auf den Frühstückstisch. Das klappt halt nur, wenn man eine gehobene Funktion im Rathaus wahrnimmt. Von Doris hat sie deren achtjährigen Twingo übernehmen dürfen, die hat sich schon im Mai einen neuen gekauft, der etwas stärker motorisiert ist. Der KFZ-Schein lag neben dem Führerschein. Ich habe ihr ein Navi geschenkt, auf meinem Sparbuch war noch einiges Geld verblieben, nachdem ich den Führerschein bezahlt hatte. Am Abend haben wir ordentlich gefeiert, ähnlich wie bei ihrem letzten Geburtstag. Clara hatte es in diesem Jahr nicht weit, sie macht ihr letztes Ausbildungsjahr zur Hauswirtschafterin im Schnuckenhof bei

Iris Bockelmann, die ja Meisterin ist. So ist sie bereits Ende Juni bei Henk eingezogen. Der hat jetzt alle Prüfungen und entlastet schon ordentlich seinen Vater.

Wir beide haben am vergangenen Sonntag noch die letzten notwendigen Dinge in den Twingo gepackt und sind nun endgültig im Schnuckenhof-Häuschen zu Hause. Gleich morgen früh muss mein Kätzchen nach Lüneburg zur Schule. Vierzehn Tage Blockunterricht. Danach hat es dann schon ordentlich Fahrpraxis. Oma fährt immer weniger gern Auto, das macht mir ein bisschen Sorge. Sie ist doch erst sechsundsechzig Jahre alt und sonst recht fit. Opa hingegen ist trotz seines steifen rechten Beins ein richtig spannkräftiger älterer Herr. Wir fahren auch Sonntag immer zum Schwimmen, nur heute vor einer Woche haben wir das natürlich ausfallen lassen. Omas Auto ist in gewisser Weise meines geworden, das hat sich wie selbstverständlich so entwickelt.

Sonntag, 03.02.2002

Nun haben wir unsere Halbjahreszeugnisse bekommen und zwei Tage frei gehabt, in denen wir unsere Studien- oder Ausbildungsplatzbewerbungen vervollständigen und endlich losschicken konnten. Ich habe mich schon vor Weihnachten für ein Jurastudium in Hannover, ersatzweise in Göttingen angemeldet und brauchte nur noch das Zeugnis in Kopie nachreichen. Am liebsten hätte ich ja in Lüneburg studiert, aber dort gibt es den Studiengang zum Staatsexamen nicht, das ich für meine Berufsplanung brauche. Ausschließlich Bachelor- und Masterstudiengang wird angeboten. Ich will aber weder in der Verwaltung noch in der Industrie sondern eher anwaltlich oder sogar als Richter arbeiten. Andererseits, auch nach Hannover ist es nicht viel weiter. Opa und ich haben ausgerechnet, ein Zimmer dort würde teurer werden als das tägliche Pendeln.

Wenn ich mit dem Twingo die kurze Strecke nach Walsrode fahre und dann mit öffentlichen Verkehrsmitteln, bin ich nur schlimmstenfalls anderthalb Stunden unterwegs, meistens eine Viertelstunde weniger. Und in der Bahn kann man prima arbeiten, das muss dann nicht zu Hause sein. Ich bleibe bei meinem Kätzchen und meiner Familie, und die können das größere Auto nutzen. Also ist unsere Hoffnung, dass Hannover zusagt. Da es aber keinen Numerus Clausus gibt und nur eine Rangfolge anhand verschiedener Kriterien, bin ich guter Dinge.

Vanessa hat schon die Zusage, dass sie übernommen wird. Eine MFA geht nämlich im Oktober in Rente, da ist Dr.

Kellermann froh, gleich eine Nachfolgerin zu haben, die seine Praxis in- und auswendig kennt. Uli hat mir die Unterlagen für einen Bafögantrag mitgebracht. Mit ihm zusammen habe ich den ausgefüllt, und er wollte ihn im Amt auf den Weg bringen. Vanessa hat schmunzelnd festgestellt: „Du hast halt einen Schwiegervater mit einem praktischen Beruf."

Uli hat meinen Großeltern und mir aber zuvor die gesamte zukünftige Situation vorgerechnet, die sich aus meinem geplanten Studium ergibt. Wichtig war dabei als Nebenerkenntnis, dass Vanessa und ich am besten bis zu meinem Staatsexamen nicht heiraten, weil sie sonst für mich unterhaltpflichtig werden würde. So, wenn wir nur zusammenleben, dürfte sich das umgehen lassen. Da sei die Rechtsprechung noch nicht eindeutig. Schade, das hatten wir uns anders gedacht. Als Uli das alles fein dargelegt hatte, griff Opa, der still zugehört hatte, in die unterste Schublade seines alten Schreibtisches und beförderte einen schmalen Aktenordner zu Tage, den ich noch nie gesehen hatte. „Ach, Uli, du bist ein prima Kerl. Aber du und Jonas, ihr könnt euch das alles sparen. Ab seinem Abitur ist dieser junge Mann nämlich ein reicher Mann."

In diesem Ordner säuberlich verwahrt fand sich eine Lebensversicherungspolice einer mir bekannten großen Versicherungsgesellschaft über die unglaubliche Summe von fünfhunderttausend Deutsche Mark. Versicherungsnehmer Martin Schneider, unzweifelhaft mein Vater. Begünstigte: Lotte Schneider geb. Scholz, Nachbegünstigte Jonas und Helene Schneider. Wir alle miteinander mit korrekten

Geburtsdaten und -orten. Im Falle des Ablebens nicht nur des Versicherungsnehmers sondern auch der ersten Begünstigten sei der Auszahlungsbetrag bis zu dem jeweiligen Ausbildungsbeginn dieser ehelichen Kinder, ersatzweise deren Schulabschluss, gebunden und dann in voller Höhe an sie selbst oder, im Falle von Minderjährigkeit, an deren Vormund zu zahlen, der es treuhänderisch bis zur Mündigkeit anzulegen habe. „Du, Jonas, bist der letzte noch lebende, also einzige Begünstigte. Nach dieser Verfügung ist das ganze Geld nach deinem Abitur in einigen Wochen Deins. Die Auszahlungsverfügung habe ich von dort schon schicken lassen, als du noch minderjährig warst. Die benötigt nur noch deine Unterschrift. Und dein Abiturzeugnis als Nachweis."

Wir alle außer Oma, die das natürlich auch gewusst hatte, waren völlig verblüfft. Keiner hatte damit gerechnet, dass mein Vater eine so hohe Lebensversicherung abgeschlossen hatte. Opa konnte berichten, dass dieser Abschluss fast das Erste war, was Vati Wichtiges in Wilhelmshaven erledigt hatte. Er wusste, dass seine Arbeit bei der Marine nicht ungefährlich war. Hätte er sein Leben durch einen Unfall verloren, wäre die Versicherungsleistung sogar doppelt so hoch gewesen. Aber Einiges über zweihundertfünfzigtausend Euro war ja schließlich auch ein ganz ungeheuerlicher Reichtum. Vanessas erste Äußerung nach dieser Eröffnung meines Großvaters war: „Also können wir doch ganz bald heiraten, mein Schatz!" Darüber einig, dass überhaupt, waren wir uns ja schon länger.

Das vergangene Halbjahr war vollgestopft mit wichtigen und weittragenden Entscheidungen und Ereignissen. Vanessa hatte ihre Abschlussprüfung mit der Durchschnittsnote „Gut" geschafft, ich mein Abitur ebenso. Wir waren darauf mächtig stolz. Mit einer tüchtigen Beraterin unserer örtlichen Raiffeisenbank haben wir das Geld der Versicherung sinnvoll aufgeteilt. Es soll ja einen Teil unseres zukünftigen Lebensunterhalts decken, obwohl der Verdienst, den mein Kätzchen vertraglich zugesichert bekommen hat, gar nicht so schlecht ist. Ab August wird zudem von unserem Monatseinkommen ein nicht ganz bescheidener Betrag in zwei neu abgeschlossene Lebensversicherungen gehen, deren Versicherungsnehmer je Vanessa und ich sind. Begünstigte sind dann ich und sie. Also Schutz auf Gegenseitigkeit. Auch eine Rechtsschutzversicherung für uns beide gibt es jetzt. Vatis Vorsicht ist uns Verpflichtung. Der größte Batzen aber wurde in drei Teile aufgeteilt und mit verschiedenen Methoden mehr oder weniger fest angelegt.

Was wir uns aber gönnten, war eine richtig große Hochzeitsfeier am fünften und sechsten Juli, also direkt nach Vanessas Prüfung. Zwei Wochen zuvor hatten Clara und Henk geheiratet. Clara ist nun auch fertig mit ihrer Ausbildung. Das war für dieses Jahr schon die zweite Hochzeit in der Familie Stern, denn Anneke und Erik hatten nicht bis zu Annekes Prüfung warten wollen. Irgendwie war es passiert, dass Anneke schwanger geworden war. Vielleicht sogar Absicht? Also war deren Hochzeit schon am fünften und sechsten

April. Und Anneke hat jetzt schon ein hübsches Bäuchlein. Sie ist nun fertig mit ihrer Ausbildung und fest im Büro der Tischlerei am Arbeiten.

Vanessa und ich haben uns ausgedacht, sie fragt ihren Bruder Carsten, ob er unser Trauzeuge sein will, und ich frage meine Cousine Clara, die ja meine einzige Verwandte unserer Generation hier in der Heide ist. Beide haben das gerne erledigt. Und mit der ganzen großen Scholzsippe, allerhand Verwandten Vanessas und unseren Freunden war die Feier nach der kirchlichen Trauung dann für Kais Eltern sowie für ihn und Rieke eine ganz schöne Herausforderung, zumal die beiden, die jetzt nach ihren Gehilfenprüfungen fest in Hartmanns Gasthaus mitarbeiten, am neunzehnten und zwanzigsten Juli selbst heiraten wollten. Das ist auch so geworden. Da waren dann Anneke und ich Trauzeugen.

Frau Voß tritt am Jahresende in den Ruhestand. Umso schöner war es für uns alle, dass sie diese vier Trauungen noch durchgeführt hat. Wer weiß, ob wir wieder eine solche herzliche Pfarrperson bekommen, wie sie eine ist. Deshalb wollen Anneke und Erik, wenn alles gut geht, ihr Kind noch vor dem Jahresende von ihr taufen lassen.

Mein Kätzchen und sein Katerchen sind momentan in einem gemieteten schnuckeligen Ferienhäuschen auf einem Campingplatz an der Ostsee. Wir nutzen diese unsere kleine Hochzeitsreise zur Erholung nach alledem, lieben uns bis zur Erschöpfung und faulenzen am und im Wasser. Genuss pur, denn anschließend geht es für Vanessa direkt in der Praxis los. Und ich will die Tage, die mir noch bis zum Semesterbeginn bleiben, nutzen, um Kai und Rieke mit Bockelmanns Hoftrak, den Ralf uns leihen will, beim Roden des Baugrundstücks hinter dem Saalbau zu helfen, auf dem nun das neue Bettenhaus entstehen soll.

Freitag, 27.12.2002

Ein Jahr mit vielfältigen Ereignissen, auch manchen einschneidenden Veränderungen, neigt sich dem Ende zu. Wir haben gelernt, mit unserer ehelichen Zweisamkeit behutsam umzugehen. Unser Reichtum ist eine wesentliche Erleichterung, wir wollen aber nur das wirklich Notwendige verbrauchen. Nach meinem Studium wird ein Startkapital von hohem Beruhigungswert sein. Nach ausführlichen Gesprächen haben wir uns dazu entschlossen, unseren Kinderwunsch erst dann anzugehen, wenn ich mein erstes Staatsexamen in der Tasche habe. Vanessa hat das vorgeschlagen, obwohl ich weiß, dass sie gerne auch, wie Anneke jetzt schon, Clara und Rieke dann in einigen Wochen, ein Kind haben würde. Sie meint aber, wir wären jung genug, um zu warten. Ich wäre auch jetzt schon durchaus bereit, respektiere aber natürlich ihre Einstellung.

Sie liebt ihre Arbeit in der Arztpraxis. Mir fällt das Studium gar nicht so schwer, wie ich gefürchtet hatte. Geht das so weiter, werde ich die Regelstudienzeit sicherlich einhalten können. Weil Oma immer einmal nicht so kann, wie sie gerne möchte, haben wir jetzt einen gut durchorganisierten Gemeinschaftshaushalt. Meine Frau hat Oma dazu überreden können, sich einmal von ihrem Chef gründlich durchchecken zu lassen.

Und nun ist es offenbart, dass sie einen - vielleicht sogar angeborenen - seltenen Herzfehler hat, der nach heutigem medizinischem Wissen jahrzehntelang unauffällig bleiben kann, aber ab einem gewissen Lebensalter deutlich wirksam wird. Dr. Kellermann hat ihr geraten, neben dem Medikament, das sie jetzt nehmen soll, auch ihre Alltagsbelastungen zurück zu nehmen. Und siehe da, es klappt sehr gut, zumal mein Frauchen in vielen Dingen ähnlich tickt wie sie. In Opas kaputtem Bein waren jetzt schon zweimal fast Thrombosen entstanden. Das ist nicht ungefährlich.

Donnerstag, 21.08.2003

Alles läuft rund. Zwei Semester problemlos vollbracht. Oma und Opa sind ganz gut im Schuss. Und mein Kätzchen und ich sind wieder in „unserem" Häuschen an der Ostsee für vierzehn Tage Urlaub. Tagsüber faul am Meer oder bei Regen unter Dach auf unserer kleinen Terrasse, nachts voller Zärtlichkeit und Leidenschaft mit anschließendem entspanntem Erholungsschlaf. Es ist wieder traumhaft, trotz des nicht ganz idealen Wetters.

Weil unsere Pfarrstelle noch nicht wieder besetzt ist, war Frau Voß bereit, von Lüneburg, wo sie jetzt mit ihrem Mann wohnt, auch noch zu den Taufen des Sohnes von Clara und Henk wie auch der Tochter von Rieke und Kai nach hier zu kommen. Auch andere Vertretungen macht sie ab und an. Julian, der kleine Sohn von Anneke und Erik, hat die blonden Haare seiner Mutter, aber die braunen Augen seines Vaters. Ein süßer kleiner Bengel.

Jetzt bin ich zu faul, noch mehr aufzuschreiben. Außerdem will ich nun mit Vanessa zum Strand. Sie hat wieder ihren Geschenkverpackungs-Superbikini an. Es ist ein wahres Gottesgeschenk, eine so attraktive, liebe und kluge Frau zu haben. Und seit einer halben Stunde ist die Sonne richtig raus, das wollen wir genießen.

Heute wird mein Frauchen einundzwanzig Jahre alt. Wir konnten in diesem Jahr unseren Urlaub so legen, dass dieser Tag eingeschlossen ist. Meine Großeltern finden es reichlich amüsant, dass wir immer wieder in das kuschelige Häuschen am Ostseestrand fahren. „Ihr könntet doch Weltreisen machen, jetzt, wo ihr noch keine Kinder habt." hat Oma gemeint. Das stimmt schon, entspricht aber irgendwie nicht unseren derzeitigen Neigungen. Es könnte höchstens sein, dass wir uns in den Semesterferien im nächsten Frühjahr aufmachen, um einmal die Alpen kennen zu lernen. Augenblicklich aber ist uns immer noch nach Ostseewasser und Zweisamkeit ohne große Reisen. Wir sind uns seit neun Jahren so intensiv nah, da kommen viele Paare nicht mit. Ich glaube, mehr als fünfmal haben wir uns in dieser Zeit nicht ernsthaft gestritten.

Unsere Freunde mit ihren Kindern sitzen im Urlaub auch nicht zu Hause herum. Rieke und Kai waren mit ihrer süßen Emma zwei Wochen in Spanien. Clara und Henk zog es in die Nähe von Claras Familie. Sie waren, bevor die Saison auf dem Pferdehof losging, mit ihrem Paulchen im gemieteten Wohnwagen auf dem Campingplatz in Georgenthal und haben Greta und Bernd mit ihrem Enkelkind glücklich gemacht. Anneke und Eric waren in der Nähe von Annekes holländischer Großmutter in einer kleinkindgerechten Ferienanlage. Julian sei hellauf begeistert gewesen. Und Anneke ist wohl dort wieder schwanger geworden. Diesmal hat sie einige harmlose Probleme: Brechreiz in den ersten Wochen.

Ein bisschen Sorge macht uns Karin. Sie hat sich so in ihr Ehrenamt als Feuerwehrsanitäterin hinein verbissen, dass sie für ein anderes Privatleben gar keine richtige Zeit mehr hat. Aktuell ist sie in der Feuerwehrakademie in Loy bei Oldenburg und bereitet sich darauf vor, Rettungsassistentin zu werden. Sie ist nicht mehr in unserer Ortsfeuerwehr, sondern in einem Spezialteam des Landkreises. Und nach ihrer Weiterbildung will sie Lehrgangsleiterin für zukünftige Feuerwehrsanitäter werden. Sie macht das alles unzweifelhaft hervorragend, aber irgendwie wirkt sie immer ein bisschen unzufrieden.

Vanessas Geschwister sind ähnlich eifrig. Carsten hat seine Jungjägerprüfung erfolgreich bestanden und geht seinem Vater intensiv zur Hand. Nele indessen ist wie zuvor Vanessa in der Jugendfeuerwehr aktiv. Mit vollem Einsatz an Kraft und Zeit. Schwiegermutter Doris hat sogar ein bisschen Sorge, dass Neles Schuleifer darunter leidet. Das ist aber nicht so, sie will im Gegenteil in jedem Fall in zwei Jahren ihr Abitur machen und - wer hätte das gedacht - Pastorin werden. Fast hätte ich es vergessen, sie ist ja auch im Kindergottesdiensthelferteam eifrig engagiert. Unser neuer junger Pastor Goeke ist zum Glück ein wirklich guter Nachfolger unserer Frau Voß.

Wieder ist es nur ein spätsommerlicher Jahresbericht, den ich hier niederschreibe. Inzwischen benötigt mein Studium doch meine ganze Kraft und Aufmerksamkeit. Obwohl ich in den ersten Monaten einige Zweifel hatte, ob es wirklich vernünftig sei, vom Schnuckenhof aus meine Vorlesungen und Seminare in Hannover jeweils aufzusuchen, finde ich das Pendeln inzwischen tatsächlich sehr praktisch. Einerseits kann ich mir meine Zeit bestens einteilen und bin sogar oft den ganzen Tag zu Hause. Fachbücher kann ich zum größten Teil ausleihen, und manche wichtige habe ich mir gekauft. Das ist das Privileg des wirtschaftlich Gesicherten. Andererseits kann ich mich mit Vanessa gemeinsam um meine Großeltern kümmern. Und schließlich bin ich ständig mit meinem geliebten Kätzchen zusammen.

Zum Bahnhof in Walsrode fahre ich nun nicht mehr mit dem alten Twingo, sondern dem fast gleich alten Escort, den meine Großeltern vor Jahren gut gebraucht gekauft und immer sorgsam gepflegt haben. Den Twingo haben wir Nele geschenkt. Was der tatsächlich wert ist, hätte uns ein Verkauf nicht gebracht. Und die inzwischen zu einer hübschen jungen Dame herangewachsene Gymnasiastin kann ihn gut gebrauchen. Vanessa und ich haben uns als Fahrzeug für uns vier zusammen über Karins Eltern einen Minivan zugelegt, in den meine Großeltern erheblich leichter einsteigen können, erst recht daraus aussteigen, als das bei dem Escort möglich ist. Mit dem neuen PKW fährt Vanessa auch zur Arbeit, wenn sie nicht das Fahrrad nimmt. Oma fährt gar nicht mehr selbst.

Die erste größere Aufgabe des neuen Wagens war es, uns beide in unseren Winterurlaub nach Oberstaufen im Allgäu zu bringen. Wir haben dort gemeinsam einen Schi-Anfängerkurs belegt, danach aber festgestellt, das wird niemals der Sport unserer Wahl. Wir sind halt beide Wasserratten. Die Landschaft mit den hohen verschneiten Bergen ist zwar sehr eindrucksvoll, das war's aber schon. Im Sommer waren wir direkt nach Semesterende wieder in unserem geliebten Holzhäuschen auf dem Campingplatz an der Ostsee. Das ist unsere Art der Erholung. Die erste Woche über Vanessas Geburtstag war ziemlich kühl und feucht, das hat uns ein bisschen in den Hochzeitsreisemodus gebracht. Dafür war in der zweiten Woche umso schöneres Wetter. Immer so um fünfundzwanzig Grad herum, am Achtzehnten sogar beinahe dreißig. Wir waren fast ständig am oder im Wasser.

Als wir zurück kamen, hatte Oma einen Geburtstagskuchen für eine Nachfeier gebacken. In ihrer Küche ist sie immer noch gerne, weil dort die Wege kurz sind. Ist Vanessa aber im Haus, lässt sie die doch recht viel machen. Weil Opa inzwischen mit seiner Thrombose- und Emboliegefahr vor Allem nachts als Liegender etwas riskant lebt, haben wir eine kleine Wechselsprechanlage aus dem Großelternschlafzimmer in unser Schlafzimmer oben installiert. Wenn's brenzlig wird, können uns die Beiden alarmieren. Weil aber Kätzchen und Katerchen leidenschaftlich gerne nackt schlafen, liegt nun immer meine alte grüne Badehose neben unserem Bett. Einmal bin ich schon hinunter geflitzt. Da hatte aber Oma einige Atemnot. Sie hatte ihre Tabletten vergessen.

Sonntag, 03.09.2006

In diesem Jahr waren wir zu Vanessas Geburtstag noch zu Hause. Das hatten sich Oma und Opa gewünscht, sie wollten mit uns feiern. Der dreiundzwanzigste ist zwar kein besonderer, doch bekommen die beiden alten Herrschaften langsam ein bisschen Endzeitgedanken. Das ist keine Panik, das liegt beiden nicht, aber doch ab und an die Frage, wie lange machen wir´s noch? Sie sind eben beide nicht gesund. Also haben wir außer meinen Großeltern Vanessas einzige noch lebende Oma, ihre Eltern und Geschwister - Carsten ist immer noch und Nele nach kurzer Partnerschaft wieder allein -, meine Cousine Clara und ihre kleine Familie sowie unsere Freunde Karin, Anneke mit Familie und Annekes Schwesterlein Jule mit ihrem Freund Thomas in Hartmanns Heidehotel, so heißt das jetzt, eingeladen. Rieke und Kai waren dann ja automatisch dabei. Mit Entlastung durch entsprechendes Personal konnten sie mit uns feiern. Sechs kleine Kinder sind nun schon mit dabei gewesen. Rieke stillt ihren Zweiten noch.

Als wir Karin angerufen haben, um sie einzuladen, fragte sie, ob sie ihren Freund Volker mitbringen dürfe. Vanessa und ich waren total erstaunt, von einem solchen Herrn hatten wir bisher keine Kenntnis. Bei der Feier ließen wir uns dann berichten, wie die Beiden - gerade erst vor zwei Wochen - zusammen gefunden haben. Volker hat in Bad Fallingbostel ein kleines Sanitätshaus übernommen und betreut seit wenigen Wochen orthopädietechnisch die Patienten der Praxis, in der Karin nun schon seit Jahren arbeitet. Als er sich nach dem allerersten Besuch von nacheinander fünf Patienten in der Sprechstunde noch kurz mit den beiden Damen am Empfang unterhielt, hat er plötzlich die eine, nämlich Karin, gefragt, ob er sie zum Abendessen einladen und in ein hübsches Lokal ausführen dürfe. Sie war so überrumpelt, dass sie spontan zugesagt hat. Volker hat es dann geschafft, sie noch am selben Abend mit in seine Wohnung und seine Schlafstatt zu verschleppen.

Er hat einen seltsamen Charme, für meine Begriffe zu aufdringlich und dominant. Aber unsere Freundin Karin ist hin und weg. Wo die Liebe hinfällt. Vanessa konnte den smarten Burschen von Anfang an nicht besonders gut leiden. Sie sagt: „Karin sitzt bei dem im goldenen Käfig und merkt es nicht." Sie hat für so etwas immer schon einen guten Riecher gehabt. Jedenfalls sind wir gespannt, wie sich das entwickelt. Hoffentlich ist es bei Karin keine Torschlusspanik, sie wird ja schon bald sechsundzwanzig Jahre alt. Sie ist aber doch eigentlich eine recht selbstbewusste und starke Person.

Wir beide hatten wieder unser typisches Campinghäuschen-Urlaubswetter. Angenehm warm, ziemlich viele Sonnenstunden und fast jede Nacht Regen. Vanessa hat mir die drei Fachbücher, die ich einpacken wollte, wieder aus dem Auto in unser Zimmer zurückgebracht. „Urlaub ist Urlaub, und da gehörst du uneingeschränkt mir." Wo sie recht hat, hat sie recht. Jetzt sitze ich über diesen Büchern und erarbeite die wohl zweitletzte Seminararbeit meines Studiums. Die letzte kommt noch gegen Ende des Wintersemesters. Und das Sommersemester 2007 wird dann das Examenssemester. Laut Uniprüfungsplan ist die allerletzte mündliche Prüfung am siebenundzwanzigsten Juli. Mit Kätzchens vierundzwanzigstem Geburtstag können wir dann, wenn alles nach Plan verlaufen ist, mein Studienende mitfeiern.

Vorerst werde ich mich jetzt, wenn ich die Zeit dazu habe, um Referendarstellen kümmern. Ganz schön ist, die letzte und längste - neun Monate in einer Rechtsanwaltskanzlei - habe ich schon gefunden. Ein entfernter Verwandter meiner Schwiegermutter hat in einem der größeren Dörfer Richtung Visselhövede ein Notariat mit insgesamt drei Anwälten. Das sind er selbst, seine Tochter und deren Mann. Ganz lustig sind die Namen. Die Kanzlei heißt „Zorn, Wuth & Wuth", für Anwälte eine nicht üble Werbung. Die Drei haben einen sehr guten Ruf und sind in ihren Fachbereichen breit aufgestellt. Strafsachen, Wirtschaftssachen, Verwaltungs- und Sozialrechtssachen sowie speziell Familiensachen sind dort kompetent aufgehoben. Und sowohl Schwiegervater als auch Schwiegersohn sind zugelassene Notare. Auf diese Zeit dort freue ich mich besonders, die wird lehrreich.

Montag, 09.04.2007

Gestern waren wir beide in die schicke Wohnung Volkers in Bad Fallingbostel eingeladen gewesen. Karin wohnt dort ja jetzt auch schon eine ganze Weile. Volker hatte Geburtstag, er ist 28 Jahre alt geworden. Die Beiden haben außer ihren jeweils beruflichen Kontakten zu vielen Menschen wohl kaum mit anderen Leuten zu tun, selbst wir waren als Gäste wohl eher eine Verlegenheitsidee. Karins Eltern waren etwa zwei Stunden mit dabei, sind dann aber gefahren. Karins Mutter war ziemlich erkältet. Aus Volkers Familie, die in Hannover ein großes Sanitätshaus betreibt, war gar keiner da. Alles ein wenig seltsam. Am seltsamsten war aber die Atmosphäre dort bei den Beiden. Volker hat unaufhörlich geredet. Hauptthema waren seine beruflichen Erfolge. Nebenbei hat er dann auch berichtet, dass ihm seine Eltern dieses kleine Sanitätshaus hier gekauft hätten, da er und sein ältester Bruder, der in Hannover schon lange Juniorchef sei, nicht miteinander könnten. Rolf sei sehr erfolgreich, genau wie sein Vater. Und er sei das jetzt hier natürlich auch.

Wenn man genau zugehört hat, wurde einem schnell klar, dass er ein grausam verwöhnter Jüngster ist, dem seine Eltern, die vor lauter Geschäften keine rechte Zeit für ihn hatten, alles in den Hintern geschoben haben. So hat er wohl nie recht gelernt, sich um etwas zu bemühen. Aber gelernt hat er, dass alles nach seinem Willen laufen muss. Wie bei einem verzogenen Kleinkind. Vanessa und ich waren total entsetzt, wie er mit Karin umgeht. Und erst recht, dass sie sich das alles von diesem Schnösel gefallen lässt. „Karin, bring dies, mach das. Hol mir mal jenes. Schon wieder der Kaffee alle, du passt auch gar nicht auf!" Solche und ähnliche Töne hört man da dauernd. Wir waren fast froh, dass gleich nach dem Abendessen Opa auf meinem Handy anrief und uns bat, zu kommen. Er habe eine Stauung im schlechten Bein. So hatten wir gute Gründe uns zu verabschieden. Von unterwegs alarmierte Vanessa schon die Rettung. Jetzt liegt Opa für einige Tage wohlversorgt im Krankenhaus.

Ich habe in der Woche vor Ostern meine letzte Seminararbeit pünktlich fertig gestellt und nach Hannover gebracht. Vanessa hatte sich einen Tag frei genommen, und wir waren mit dem Van nach dort gefahren. Mein Kätzchen ist alles Andere als eine Shopping-Queen, aber es hat ihr doch richtig Freude gemacht, mit mir zusammen mal ordentlich Bummeln zu gehen. Wir haben nur Kleidungsstücke gekauft, einige Altertümer gehören ausgemistet und zur Bethel-Altkleider-Sammlung gegeben. Da sie noch gut zu brauchen sind, ist das der richtige Weg.

Nele, unsere Theologiestudentin, hat uns darauf hingewiesen. Sie hat ihre Sprachensemester in Bethel durchgeführt und studiert nun vorerst in Münster. Ab September wird sie die letzten Semester in Göttingen sein, weil sie dort die Prüfungsprofessoren der Hannoverschen Kirche erleben kann. „Besser, man weiß, wie die so ticken", hat ihr unser Pastor Goeke geraten. Dass der übrigens wie Carsten Junggeselle ist, wundert uns auch bei dem. Das ist so ein feiner Mann, und er kann hervorragend mit Menschen aller Generationen.

Dienstag, 29.05.2007

Am gestrigen Pfingstmontag ist endlich das von uns kaum noch erhoffte Wunder geschehen. Karin hat ihre sieben Sachen in ihr Auto gepackt und ist bei Volker ausgezogen. Nachdem er sie wohl wieder einmal wie seine Sklavin behandelt hatte, war ihr endlich der Kragen geplatzt. Sie hat mit ihm Schluss gemacht und saß ab etwa elf Uhr morgens heulend bei ihrer Mutter am Küchentisch. In ihrer Not und Hilflosigkeit hat die bei uns angerufen und Vanessa gebeten, sie möge doch mal kommen. Die hat natürlich alles stehen und liegen gelassen und ist sofort ins Dorf. Oma rief ihr nach: „Bring sie ruhig mit, sie soll bei uns mit essen, das ist besser, als wenn sie ihre Eltern total verrückt macht."

Das hat auch tatsächlich gut geklappt. Nachdem sie sich hier nochmals ausgeweint hatte, war die gemeinsame Mahlzeit ganz nützlich dafür, ein Stück herunter zu kommen. Was sie uns anschließend erzählt hat, bestätigte alle unsere Befürchtungen. Warum es so lange gedauert hat, bis sie die Reißleine zog, weiß sie wohl selbst nicht so genau. Zumindest schien es uns so. Etwa um drei Uhr rief mich Karins Vater auf meinem Handy an und berichtete, vor dem Haus parke Volkers schwarzer BMW. Karin solle bitte irgendwo anders bleiben, nur nicht nach Hause kommen. Das Organisationstalent meiner Damen hatte sofort eine Lösung. Bockelmanns kleinere Ferienwohnung war gerade frei geworden, da konnten wir Karin einquartieren. Und mein Schwager Carsten musste „tanken" fahren, einen „Ersatzreifen im Plastikbeutel" in seinen Kofferraum laden und dieses eigentlich leichte Ausstellungsstück aus Kunststoff, in dem Karins Reisetasche steckte, als Tarnung zu uns bringen.

Das dauerte ziemlich lange, denn Volker verfolgte ihn sofort. Deshalb kurvte er zuerst nach Hause, stellte seinen Wagen in den Carport und ging ins Haus. Sofort drehte Volker ab und fuhr zurück zu Zilchs Wohnhaus, wo er bis nach zweiundzwanzig Uhr auf der Lauer lag. Karin hat sich heute früh sofort Urlaub bei ihrem Chef erbeten und ihm die ganze Geschichte berichtet. „Na, endlich!" habe er gesagt und ihr vorgeschlagen, sofort den Arbeitsplatz zu wechseln. Sein Bruder in Verden, auch Arzt, suche dringend eine MFA, und sie könne er schließlich mit der Auszubildenden, „die ihr drei ja so großartig eingearbeitet habt", ordentlich ersetzen. Ist schon ein toller Mann, der Doktor Tröger.

Ich habe mir heute früh die Zeit genommen und bin mit Karin nach Verden gefahren. Mit unserem alten Escort. Und Karin mit Vanessas Strohhut auf dem Kopf. Das Vorstellungsgespräch mit dem jüngeren Tröger, der keinen Doktortitel hat, dafür aber einen ausgezeichneten Ruf als Internist, verlief hervorragend. Er wusste schon Bescheid. Ab Montag, dem vierten Juni, arbeitet Karin dort. Und das Allerbeste: Wir haben auch direkt drei Häuser weiter eine süße kleine Wohnung für sie gefunden. Mein Frauchen hat sich für Freitag beurlauben lassen. Dann holen wir drei in Bremen mit Kais Anhänger Selbstbaumöbel, die uns Carsten am nächsten Tag mit aufbauen hilft. Der tüchtige Beamte hat ja Samstag frei und uns sofort seine Hilfe zugesagt. Gut, dass unser Van eine Anhängerkupplung hat.

Sonntag, 12.09.2007

Dies ist fürwahr das Jahr einschneidender Ereignisse. Dass ich mein erstes Staatsexamen ablegen könnte, war eigentlich sicher und ist sogar besser gelungen als erwartet. Gesamtnote „Gut". Herz, was begehrst du mehr. Dass mein Kätzchen danach die Pille absetzen wollte, war ebenfalls klar verabredet und ist auch so geschehen. Dass Karin von ihrem Tyrannen losgekommen ist, hatten wir bestenfalls erhofft, ist aber wirklich gelungen. Und dass wir schließlich gestern eine schöne Doppelfeier zu Vanessas Geburtstag und meinem Studienabschluss feiern konnten, war eine wunderbare Angelegenheit. Aber eine Sache, die sich gestern ganz neu in unserer Familie ereignet hat, konnten wir nun wirklich nicht voraus ahnen.

Nachdem sich Volker recht bald nicht mehr in unserem Dorf hat blicken lassen - er hat wohl begriffen, dass es keinen Sinn hat, hinter Karin her zu schnüffeln - traut sich Karin ab und an wieder nach hier. Weil wir ordentlich feiern wollten, haben wir also zum gestrigen Geburtstags-Samstag wieder alle unsere Lieben eingeladen.

Carsten hatte ritterlich unserer Freundin Karin angeboten, sie in Verden abzuholen und auch wieder nach dort zu bringen, dann könne sie unbeschwert auch ein bisschen Alkohol trinken. Er selbst ist nach seinen früheren Bierfesten mit seinen Kumpels, die jetzt alle brave Familienväter sind, fast abstinent. Das liegt wohl an seiner Funktion als Stellvertreter des Fachdienstleiters der Verkehrsbehörde im Kreis. Was da so über seinen Schreibtisch kommt, dürfte ihm zur Lehre geworden sein. Karin hat das Angebot dankend angenommen.

Den ganzen Tag über waren die Zwei zu unserer Verwunderung unzertrennlich. Mein Kätzchen flüsterte mir zu: „Tut sich da was zwischen den Beiden?" Heute haben wir die Antwort. Meine Schwiegermutter hat auf Vanessas Handy eine SMS-Nachricht geschrieben: „Nun hat´s den alten Kerl endlich auch erwischt! Er ist nicht heim gekommen." Carsten ist nicht nach Hause ins Hotel Mama gekommen? Das kann nur eine Ursache haben: heute Nacht hatte Karins Schnuckelwohnung zwei Bewohner. Vanessa hat gestrahlt. „Damit ist der Volker endgültig Vergangenheit!" Dass Carsten das so geschickt eingefädelt hat, beeindruckt uns schon. Und morgen geht´s wieder an die Ostsee.

Donnerstag, 04.10.2007

Seit Montag bin ich nun offiziell Rechtreferendar im Amtsgericht in Rotenburg. Das war und ist völlig unspektakulär. Ich bin Zuarbeiter für zwei Richter. Es ist sehr viel zu tun, die „kleinen" Fälle stapeln sich. Wenn dann die Vorarbeit schon im Großen und Ganzen getan ist, lassen sich die Verfahren in schnellerer Folge organisieren und auch die Termine straffen. Diese Vorarbeiten leisten hier immer die Referendare. Gut übrigens, dass ich den Escort jetzt durch einen fabrikneuen Fiesta ersetzt habe. Der bringt mich zuverlässig und flott zur Arbeit und zurück.

Der gestrige Feiertag hat uns aber eine erschreckende Nachricht gebracht. Karin und Carsten waren seit einigen Wochen nicht im Dorf, gestern erstmals wieder. Und berichteten, dass Volker begonnen habe, Karin nachzustellen und Carsten zu bedrohen. Sie haben jetzt vor, sich in Verden eine größere Wohnung zu suchen. Und Carsten hat sich auf die gerade jetzt ausgeschriebene Fachdienstleiterstelle des Ordnungsamtes dort beworben. Gegen Volker haben sie Anzeige wegen Stalkings erstattet. Wenn die Justiz in Verden das so hält wie unser Gericht in Rotenburg, bekommt der ganz schnell ein richterliches Kontaktverbot. Zwei polizeiliche Platzverweise hat er schon erhalten. Meinen Schwiegereltern ist das ganz schlimm, sie haben Karin so sehr ins Herz geschlossen.

Noch etwas Neues gibt es, das ist aber sehr viel schöner. Seit gestern wissen wir, dass sich unsere Studentin Nele und unser Pastor Ulf Goeke schon länger Briefe geschrieben, sich in den letzten Wochen oft und immer öfter getroffen und schließlich heftig ineinander verguckt haben. Nele will jetzt ganz schnell Examen machen und dann Frau Goeke werden. Mein Kätzchen hat den Kopf geschüttelt. „Damit hätte ich ja nun wirklich nicht gerechnet." Schwiegervater Uli war wohl der Einzige bisher, das was geahnt hat. Väter und Töchter halt, wie es bei Vanessa auch war.

Vanessa war bei ihrer Frauenärztin. Die hat ein Blutbild mit Hormonspiegel machen lassen und uns bei einem gemeinsamen zweiten Besuch prophezeit, dass es wohl bis etwa Mai 2008 dauern dürfte, bis sich der Organismus meiner Liebsten soweit zurechtgerückt habe, dass sie problemlos schwanger werden könne. Hätten wir das vorausgeahnt, hätte Vanessa schon früher die Pille abgesetzt. Nun heißt es also, geduldig warten. Aber das kriegen wir auch hin.

Carsten und Karin werden am achtzehnten April standesamtlich und am neunzehnten kirchlich getraut werden. Das ist ein so herrlich zufriedenes Pärchen geworden. Sie haben in Verden eine hübsche Doppelhaushälfte am Rand der Stadt gefunden, die sie für eine erträgliche Miete nun bewohnen. Volker scheint immer noch einmal Versuche zu machen, mit Karin Kontakt aufzunehmen. Aber das lässt die Beiden inzwischen kalt. Das Kontaktverbot ist richterlich angeordnet und lässt sich wohl ganz gut durchsetzen. Vanessa ist nun bei Dr. Kellermann Erstkraft. Ihre Ausbilderin und Vorgängerin Sarah Pfeiffer ist seit einigen Wochen in Rente, die Nächstjüngere noch nicht so lange in der Praxis und Kellermann sichtlich mit seiner Frau Schneider hochzufrieden. Das macht mein Kätzchen richtig stolz. Und ich habe nun ab Februar das Referendariat in der Staatsanwaltschaft vor mir, nachdem ich augenblicklich im Vormundschaftsgericht bin.

Sorgen macht uns aber derzeit mein Opa. Er liegt wieder im Krankenhaus, und die Ärzte kämpfen um eine bessere Durchblutung sowohl der kaputten Venen als auch der Arterien. Eine seltsame Geschichte. Der Chefarzt hat Oma und Vanessa gesagt, so gefährlich wie dieses Mal sei es noch nie gewesen. Das heißt, wir müssen damit rechnen, dass er diese Angelegenheit nicht überlebt.

Wie befürchtet ist es gekommen, am neunten Januar ist Opa im Beisein von Oma friedlich eingeschlafen. Der humorvolle und kluge Mann wird uns fehlen. Am vierzehnten Januar hat Ulf ihn beerdigt. Ulf Goeke gehört schon recht intensiv zur Familie Kleinschmidt. Er wird aber wohl nicht mehr sehr lange in unserer Gemeinde bleiben, es sei denn, Nele bekommt nach ihrem Ersten Theologischen Examen, das sie in diesem Jahr im Juli beendet haben will, ein Lehrvikariat hier in der Nähe. Die Beiden wollen gleich nach Neles Examen heiraten. Der Termin soll in wenigen Tagen, wenn die Prüfungstermine bekannt gemacht sind, festgelegt werden. Ulfs Vater, der auch Pastor ist, wird die beiden trauen.

Was war die Hochzeit von Karin und Carsten schön! Die Gesellschaft war gar nicht so groß. Karins Brüder haben beide nur zwei Kinder. Ihr älterer Bruder Dirk zwei patente Buben im besten Pubertätsalter, ihr jüngerer Bruder Udo zwei süße kleine Mädchen. Vanessa und Nele bringen da noch nichts Vergleichbares ein. Doris Kleinschmidts Mutter ist immer noch bei bester Gesundheit. Und meine Oma war auch geladen, weil Karin ihr Einiges verdankt. Die beiden alten Damen hatten sich viel zu erzählen. Karin meinte, das wäre ein wunderbarer Nebeneffekt der Teilnahme der „Schneiderin", wie Oma sich selbst immer gerne nennt.

So sind nun fast vier Monate mit ganz ruhigem Ablauf unseres Lebens vergangen. Oma hat sich ganz gut darauf eingestellt, nun noch nur mit meinem Schatz und mir das Häuschen zu teilen. Wir haben schon vor Monaten das Wohnzimmer neu tapeziert, neue Gardinen angeschafft und schließlich die alte durchgesessene Sofagarnitur durch eine altersgerecht bequeme neue ersetzt. Solche Modelle sind selten, zumeist gibt es ja diese breiten Wohnlandschaften für viele Nutzungszwecke, die aber für ältere Menschen nicht besonders bequem sind. Ein Glück ist, dass mein Frauchen die auch nicht mag. Um Oma nicht zu lange allein zu Hause zu lassen, bin ich möglichst oft nachmittags daheim, sitze zur mitgebrachten Arbeit am Schreibtisch, der jetzt auch unten im Wohnzimmer steht, und kann ihr notfalls zu Hand gehen. Vanessa kommt mittwochs und freitags ja auch schon plus-minus dreizehn Uhr nach Hause. So ist das Familienleben gut zu organisieren.

Kätzchen und Katerchen sind konservativ genug, um ab Ende Juli ihren gemeinsamen Jahresurlaub wieder in ihrem geliebten Campinghäuschen verbringen zu wollen. Es ist ganz seltsam, aber die dortige Zweisamkeit hat uns immer beglückt und zur Erholung verholfen. Oma bekommt in dieser Zeit Gesellschaft. In unser Zimmer werden meine Großeltern Elvira und Erwin Scholz einquartiert, die mit Tante Greta und Onkel Bernd aus Thüringen angereist kommen, um ihre beiden Urenkel im Reiterhof ein bisschen zu genießen. Diese meine beiden Großeltern werden auch langsam alt, sind aber beide körperlich noch recht gut beieinander. Wenn wir zurückkommen, bleiben sie noch zwei Nächte, da sind wir dann bei Vanessas Eltern einquartiert. Das wird sicherlich klappen.

Samstag, 24.05.2008

Der gestrige Freitag nach Himmelfahrt war ein Jubeltag. Karin und Vanessa waren früh gemeinsam nach Rotenburg gefahren, um bei ihrer Frauenärztin die Gewissheit zu erlangen, dass sie schwanger sind. Und das sind sie, witziger Weise beide am Ende der fünften Woche. Auf dem Rückweg im Auto haben sie dann sorgfältig gerechnet und schwören darauf, beide in der Nacht nach Karins und Carstens Hochzeit geschwängert worden zu sein. Wenn das so stimmt, ist das ja ein recht erstaunlicher Doppelfall. Fehlt nur noch, dass Doris und Uli ihre ersten Enkelkinder an gleichen Tag bekommen. Aber bei Kleinschmidts ist ohnehin alles ein bisschen anders als bei anderen Leuten.

Meinem Weibchen geht es richtig gut. Bis auf das wohl typische Ziehen in betroffenen Körperregionen hat sie zum Glück keinerlei Beschwerden. Und, was ich nie glauben wollte, eine Schwangerschaft macht eine Frau noch einmal ganz anders schön, strahlend von innen und mit gar nicht so üblen leichten Veränderungen der Statur, auch schon vor dem Wachstum des Bäuchleins. Oma ist ganz aus dem Häuschen gewesen, als ihr Vanessa gestern Nachmittag die Neuigkeit berichtete. Nun wird unser Dasein richtig rund und vollständig.

Ich kann´s nicht schreiben, ich kleb´s ein (aus der Zeitung):

Rotenburg/Wümme Am gestrigen Mittwoch, 20. August, wurde am hellichten Morgen und auf offener Straße geschossen. Opfer sind zwei junge schwangere Frauen, die gerade gemeinsam eine Frauenarztpraxis verlassen haben. Noch auf der Treppe traf sie das Projektil, durchschlug, so die Auskunft der Polizei, die Muskulatur unter der Schulter der vorderen Frau und traf die hintere direkt ins Herz. Vanessa S. war sofort tot, während ihre Schwägerin Karin K. schwerverletzt durch Rettungskräfte versorgt und in eine Klinik gebracht wurde. Sie selbst ist zwar außer Lebensgefahr, hat aber noch im Notrettungsfahrzeug eine Fehlgeburt erlitten.

Drei zufällig ganz in der Nähe des Täters entlang gehende eigentlich unbeteiligte Berufsschüler, deutsche Staatsbürger mit Migrationshintergrund, stürzten sich sofort auf den Täter und überwältigten ihn. So konnte er nicht fliehen. Andere Passanten alarmierten Polizei und Rettungskräfte. Der Täter wurde auf der Stelle verhaftet. Die Polizei geht von einer zeitlich stark verzögerten Beziehungstat aus. Der Täter soll der frühere Lebensgefährte der überlebenden Karin K. sein, die schon seit Monaten mit dem Vater des verlorenen Kindes verheiratet ist. Die tote junge Frau hat vermutlich mit dem Motiv der Tat nichts zu tun, sie und ihr Ungeborenes sind Zufallsopfer, eine besondere Tragik.

Von wegen rund und vollständig! Alles habe ich verloren. Volker, der Sauhund, hat nicht nur meine Liebste und unser Kind auf dem Gewissen, Oma Magdalenes Leben hat die Nachricht von der Ermordung Vanessas auch noch jählings beendet. Ich habe ihr zusammen mit Doris die schreckliche Mitteilung überbracht. Sie hat uns beide einige Momente lang ungläubig und starr angeschaut, dann wurde ihr Gesicht bleich, und sie ist leblos zusammengesackt. Dieser Schock war für ihr krankes Herz zu viel. „Tod durch Herzversagen" hat Dr. Kellermann festgestellt. Der ist auch völlig fertig. Zuerst waren zwei Polizeibeamte zu mir ins Gericht gekommen, um mich zu informieren und dann nach Hause zu bringen. Der jüngere Beamte hat mein Auto gefahren. Mit den Beiden zusammen habe ich dann meine Schwiegereltern von der Tat Volkers in Kenntnis gesetzt. Und die Beamten sind mit Uli schließlich weiter gefahren nach Verden, um Carsten in der Verwaltung aufzusuchen und ihm auch beizubringen, was Schreckliches geschehen ist.

Ich bin nun erst einmal zu Doris und Uli gezogen, alleine sein tut uns allen nicht gut. Heute habe ich mir Omas Tagebuch zur Hand genommen und noch einmal nachgelesen, was schon so oft hilfreich gewesen ist. „Wir haben gelernt, mit Leid zu leben ohne zu zerbrechen. Wir können inzwischen ja sagen zu allem, was Gott uns schickt. Wäre uns das nicht gelungen, wären wir spätestens beim frühen Tod unseres einzigen Kindes zerbrochen." Also kenne ich meine Aufgabe und auch Chance jetzt wieder genau, die ich wahrnehmen muss, um nicht zu zerbrechen. Auch meinen Schwiegereltern, Karin, Carsten und Nele soll das helfen, das will ich versuchen. Nele und Ulf haben ja gerade erst geheiratet. Sie werden jetzt doch erst einmal hier im Kirchspiel bleiben, Nele kann ihr Lehrvikariat in Soltau absolvieren. Sicher werden die zwei auch Vanessas Eltern helfen. Ulf traut sich übrigens zu, die Beerdigung für Vanessa und Oma gemeinsam auf unserem Friedhof zu halten. Er sagt, das sei das Mindeste, was er für uns alle, ihn selbst eingeschlossen, tun könne und wolle.

Mittwoch, 30.09.2009

Nun ist mehr als ein Jahr vergangen, seitdem meine Frau und unser noch lange nicht ausgereiftes ungeborenes Kind diesem Verbrecher zum Opfer gefallen sind. Es hat vor dem Landgericht Rotenburg einen ziemlich spektakulären Mordprozess gegeben. Der ursächliche Mordversuch an Karin wurde mit verhandelt. Ich habe tatsächlich trotz Allem mein Referendariat bei „Zorn, Wuth & Wuth" erledigt und mein Assessorenexamen bestanden, sogar wieder mit „Gut". Unser Seniorchef Zorn hat die Vertretung beider Nebenkläger, also die von Karin und mir, mit großer Umsicht geführt. Gemeinsam mit der Staatsanwaltschaft ist es ihm gelungen, eine schnelle Aburteilung Volkers zu erreichen. Der hat nicht nur eine lebenslängliche Strafe bekommen, sondern auch die Feststellung der besonderen Schwere der Schuld. Damit wird er wohl wirklich sein Leben lang hinter Gittern bleiben. Berufung hat er nicht eingelegt. Sein Anwalt hat ihm wohl davon abgeraten, weil es zwecklos gewesen wäre.

Dem Recht ist Genüge getan, aber Karins verlorenes Kind ist nie geboren worden und meine Vanessa ist mit unserem ebenfalls ungeborenen Kind unwiderruflich tot. Doris und Uli haben außer ihrer Tochter zwei Enkelkinder auf einmal verloren, ohne sie haben erleben zu dürfen. Das haben wir zu akzeptieren. Aber auch meine Schwiegereltern haben gelernt, zu leiden ohne zu zerbrechen. So schwer das ist. Immerhin: Wenigstens Nele, jetzt Frau Goeke, hat ihr etwas ungeplantes Kind im Juli gesund zur Welt gebracht. Und am Tag der Urteilsverkündung haben Karin und Carsten mir gesagt, dass

Karin wieder schwanger ist. Von ganzem Herzen wünsche ich den Beiden, dass trotz Karins Einschränkungen alles gut verläuft. Sie arbeitet sogar wieder.

Wenige Tage nach der Beerdigung unserer Lieben stand Samstag früh plötzlich der Versicherungsmakler, der uns Anfangs unserer Ehe beraten und ausgestattet hat, bei Kleinschmidts, wo ich ja jetzt wohne, vor der Tür. Er hatte sich eine Kopie der Sterbeurkunde meiner Frau beim Bestatter besorgt und diese der Versicherung eingereicht. Nun überbrachte er mir eine Auszahlungsankündigung über etwas mehr als einhundertundfünfzigtausend Euro. Diesen Vertrag hatte ich völlig vergessen. Jetzt habe ich, nachdem ich das im Herbst gleich ordentlich angelegt habe, einen unglaublichen Reichtum. Meine Familie aber wäre mir tausendmal lieber! Mal sehen, ob ich dieses Geld je benötige, anderenfalls geht es bei meinem Tod in eine Stiftung. Abgezweigt habe ich für meine Schwiegereltern so viel, dass sie ihr neues Auto sofort bar bezahlen konnten. Und den drei jungen Männern, die Volker überwältigt haben, wurde über unsere Kanzlei mit je tausend Euro gedankt.

Ich weiß jetzt, dass ich vorerst aus der Heide weg muss. Wo dort meine ganze Häuschenfamilie nicht mehr am Leben ist, hält mich nichts mehr, eher quälen mich meine Erinnerungen. Das Häuschen ist leer geräumt und neu vermietet. Unsere Juniorchefin Elke Wuth hat mich dazu überredet, mich in Oldenburg bei der Staatsanwaltschaft zu bewerben. Zwei Assessorenstellen waren ausgeschrieben. Tatsächlich bin ich wundersamer Weise zum Vorstellungsgespräch geladen worden. Und nicht nur das, die haben mich auch eingestellt. Ich habe im Stadtteil Etzhorn eine hübsche Einliegerwohnung mit zwei größeren Zimmern, einem kleineren, einer Küche und einem ganz modernen großen Duschbad gefunden, die für mich allein eigentlich zu groß aber für den reichen Jonas locker bezahlbar ist. Kai und Carsten haben mir beim Umzug geholfen, Kai besitzt ja den großen Anhänger mit Plane. Morgen ist dann mein erster Arbeitstag. Mein Auto kann hier im Doppelcarport stehen bleiben. In der Fahrradstadt Oldenburg ist mein treuer Drahtesel genau das richtige Verkehrsmittel. So sitze ich nun hier in neuer Umgebung am Vorabend des Beginns eines hoffentlich wieder besseren neuen Lebensabschnitts.

Sonntag, 04.10.2009

Wie neu und wieder besser dieser Lebensabschnitt geworden ist, kann ich selbst noch kaum fassen. Als ich am Mittwoch in der Geschäftsstelle der Staatsanwaltschaft fragen wollte, bei wem ich mich nun einzufinden hätte, drehte sich die zweite Angestellte - jetzt weiß ich: Auszubildende im dritten Lehrjahr - zu mir um und meinte: „Ach ja, der neue Assessor. Guten Morgen, Jonas." Ich mochte es kaum glauben. Fast ein Abbild meiner Vanessa, etwas kleiner, erheblich jünger und trotz erfreuter Begrüßung mit unendlich traurigen Augen: Kathrin! „Komm, ich soll dich zur Oberstaatsanwältin bringen." Völlig von dieser Begegnung überrumpelt und mit einem ganz seltsamen Glücksgefühl über diesen unerwarteten Umstand folgte ich ihr durch die Gänge des alten schönen Gebäudes. Sie klopfte an der Tür, neben der ein Schild kündet, dass dort meine Chefin sitzt, in deren Bereich ich nun zu arbeiten habe. Als wir eintraten, kam uns die Oberstaatsanwältin entgegen, reichte mir die Hand und sagte: „Vielen Dank, Frau Kessler, wir brauchen sie jetzt nicht mehr." Das denkst du, Frau Chefin, schoss es mir durch den Kopf, ich aber brauche die Kleine noch ganz bestimmt.

Der erste Arbeitstag war angefüllt mit allerlei Kennenlernen von neuen Räumen, neuen Menschen und fremden Umständen. Als ich dann nach Feierabend ziemlich erschöpft zu meinem Fahrrad gehen wollte, stand auf der Treppe des Nebeneinganges, durch den ich das Gebäude verließ, die kleine Kathrin. „Wenigstens anständig begrüßen wollte ich dich doch." Ich hakte mich bei ihr unter und fragte: „Kann man hier in der Nähe irgendwo in Ruhe reden?" „Klar. Komm, wir gehen über den Schlossgarten, ich weiß auf der anderen Seite ein hübsches kleines Lokal. Die Räder können wir schieben." Wir haben dann zusammen zu Abend gegessen und uns über die letzten Monate und unsere jetzigen Lebensumstände ausgetauscht. Während ich zum Schluss die Kesslers ganz aus den Augen verloren hatte, war Kathrin durch ihre Ausbildung zur Justizfachangestellten ständig über das Verbrechen an Vanessa und Karin sowie alle juristischen Vorgänge in dieser Sache genauestens informiert.

Als sie mitbekommen hatte, dass ich nach Oldenburg kommen würde, hat sie es so einrichten können, dass sie mich begrüßen konnte. Sie erzählte, dass sie in Etzhorn bei Verwandten von Jan ein möbliertes Zimmer bewohne. Als wir unsere Adressen austauschten, stellten wir fest, dass unsere Wohnungen keine zweihundert Meter voneinander entfernt waren. Plötzlich fiel mir ein: „Du hast doch morgen Geburtstag. Hast du da was Besonderes vor?" „Nein, erst am Samstag fahre ich nach Hause, Mama hat eine kleine bescheidene Familienfete zu meinem Achtzehnten organisiert." „Richtig, du wirst ja heute Nacht mündig." Ich musste lachen. Das kleine Kathrinchen war nun eine erwachsene Frau. Und was für eine!

Schlagartig wurde mir klar, dass in mir unversehens aus der ehemaligen Kinderzuneigung eine unerwartete intensive Erwachsenenliebe geworden war. Spontan war wieder etwas in Gang gekommen, was ich verloren geglaubt hatte. Mir war aber auch klar, dass angesichts der verschütteten Erlebnisse meiner kleinen Kathrin sehr, sehr viel Geduld nötig sein werde, sie aus diesem Elend heraus zu führen und ihr die mögliche Schönheit und Reinheit der Liebe zwischen Frau und Mann zu zeigen. Einen ganz vorsichtigen Anfang wagen wollte ich aber gleich.

„Da mache ich dir einen Vorschlag. Ich lade dich für morgen nach Feierabend in meine neue Wohnung ein, wir feiern dann zusammen deinen Festtag." Als sie mir, sichtlich erfreut, zusagte, änderte sich für einige Momente der Ausdruck ihrer Augen. Zum allerersten Mal seit fast fünfzehn Jahren war die Traurigkeit fast weg. Und, oh Wunder, sie kam auch nicht mehr so intensiv zurück wie bisher. Na, also. „Jetzt fahre ich erst mal zu mir und schreibe mein Berichtsheft für diese Woche. Morgen und das ganze Wochenende über kriege ich dafür ja keine Zeit. Soll ich was für morgen vorbereiten?" „Nein; weil ich dich eingeladen habe, ist alles meine Sache."

Als ich dann allein war, bin ich noch einmal mit dem Auto los. In einem Großmarkt, dessen Standort ich mir beim Umzug gemerkt hatte, besorgte ich einen kleinen Kuchen, zwei Portionen feines Abendessen, die ich in meiner Mikrowelle würde bestens bereiten können, einiges Knabberzeug, Getränke, eine Flasche Sekt und zwei Kerzen für meine schönen Ständer, die ich aus dem Haushalt meiner Großeltern behalten habe.

Der Freitag war wieder dem Einstieg in meine neue Arbeit gewidmet. Bereits ab etwa neunuhrdreißig hatte ich die erste Akte auf dem Schreibtisch. Als hätten meine Vorgesetzten gewusst, wie ich in diesen Fragen zu Hause bin, war es ein Fall von Kindesmissbrauch in der Familie. Freitags ist bereits um vierzehn Uhr Feierabend. Kathrin hatte angekündigt, sie werde um fünfzehn Uhr bei mir aufkreuzen. In der Behörde war sie nicht zu sehen gewesen, sie hatte wohl irgendwo in einem Büro zu tun oder nebenan im Amtsgericht.

In meiner Wohnung richtete ich nun, so gut es mir gelingen wollte, meinen Tisch hübsch mit Omas schönster Tischdecke und dem alten edlen Porzellan. Meine Kaffeemaschine hörte gerade auf zu gurgeln, da klingelte es. Kathrin hatte sich fein gemacht, ganz dezent etwas geschminkt und ein schlichtes Kleid angezogen, das ihr perfekt stand. Ich war überwältigt. Von klein auf kannte ich sie ja nur in Jeans.

Mit einem behutsamen Kuss auf ihre Stirn, also auf das Pony, gratulierte ich meinem Gast und bat zu Tisch. Bei Kuchen und Kaffee begann sie dann unvermittelt zu reden, ganz so atemlos und unaufhaltsam, wie ich sie als kleines Kind erlebt hatte. Zuerst berichtete sie ausführlich von ihrer Ausbildung. Dann sprang sie über zu Berichten über die Familienmitglieder Kessler. Dass Birgit noch zwei weitere Kinder, diesmal aber Buben, geboren habe, wisse ich ja und habe die auch kennen gelernt. Das Haus, das Jan gekauft habe, sei für die Kleinen ein ebensolches Paradies, wie es das für sie und Julia gewesen sei.

Neu war für mich, dass Julia inzwischen verheiratet ist und ihr erstes Kind erwartet. Jan ist schon seit längerer Zeit Erster Hauptkommissar und leitet eine Fachabteilung der Wilhelmshavener Kripo. In wenigen Wochen beginnt sein Ruhestand. Mit allen diesen Geschichten war schon recht viel

Zeit vergangen, bis sie mich fragte, wie denn ich nach dem Tod Vanessas durchs Leben gekommen sei. Meinem Bericht lauschte sie mit großer Aufmerksamkeit, sichtlich voller Anteilnahme.

Nach einem kleinen Spaziergang durch die Siedlung bereitete ich nun das Abendessen und deckte mit Kathrins Hilfe den Tisch für ein zünftiges „Candle Light Dinner". Als wir gegessen, abgeräumt und das erste Gläschen Sekt getrunken hatten, schluchzte sie auf einmal auf, und unter Tränen platzte es aus ihr heraus: „Ich bin sowas von verklemmt, was Männer anbetrifft, da hat bisher auch keine Therapie geholfen. Julia kann sich an alle Einzelheiten erinnern, was Thorsten mit uns angestellt hat. Ich glaube, deshalb hat sie alles so gründlich zu bewältigen vermocht. Ich habe eigentlich gar keine konkreten Erinnerungen. Wenn ich mir vorstellen könnte, was damals war, würde ich meine ekligen Träume vielleicht verstehen und damit fertig werden können." Spontan kam mir ein verwegener und nicht ungefährlicher Gedanke. „Vielleicht kann ich dir dabei helfen." Ich stand auf, holte die drei grässlichen Fotos, die ich behalten hatte, und legte sie mutig nebeneinander vor ihr auf den Tisch.

Zuerst wurde sie fast weiß im Gesicht, dann holte sie tief Luft und stöhnte: „Also bin ich tatsächlich keine Jungfrau mehr." Ich war über diese Reaktion reichlich entsetzt. Was für Träume musste sie haben! Dann kehrte langsam wieder Farbe in ihre Wangen zurück. Lange starrte sie auf die drei Fotos, dann fragte sie mich: „Können wir die jetzt verbrennen?" Ich begriff sofort. „Natürlich, wenn du das willst." In meiner

Bratpfanne als Krematorium haben wir dann gemeinsam ein Bild nach dem anderen feierlich verbrannt. Sie klammerte sich dabei fest an meinen Arm. Dann trocknete sie ihre Tränen und wischte mit einer heftigen Handbewegung die Asche auseinander. Schließlich drehte sie sich zu mir um und sagte mit seltsam befriedigtem Ton: „Jetzt habe ich gar keine Angst mehr vor deiner Liebe." Mit plötzlich wie Bernstein schimmernden fordernden Augen schaute sie mir tief in die Meinen. Diesen Blick kannte ich aus aberhunderten erfüllten Nächten, und dieser unverhofften Einladung zu folgen war nun eine ganz leichte Sache. Immerhin haben wir noch die Kerzen ausgepustet, bevor wir uns zum ersten Mal ausgiebig küssten und dann in meinem Schlafzimmer verschwanden.

Ich war überzeugt, ich müsse sehr behutsam sein. Ich hatte aber nicht gerechnet, welch einen Vulkanausbruch aller bisher tief eingeschlossenen Sehnsüchte und Begehrlichkeiten unsere Verbrennungsaktion bei ihr ausgelöst hatte. Die wilde Ungeduld meiner Kleinen hat mich total überrumpelt, uns aber die Freiheit gegeben, einander glücklich zu machen. Weil wir so zeitig ins Bett gekommen waren, konnten wir schon recht früh fröhlich und ausgeschlafen frühstücken. „Wir können ja mit deinem Auto fahren, dann brauche ich nicht die Bahn nehmen. Die zu Hause werden Augen machen, aber das sollen sie auch." Das neue Glück in den gestern noch so traurigen Augen meiner Kleinen machte auch mich zu einem unsäglich glücklichen Menschen. Sie lief schließlich hinüber in ihre Wohnung, wechselte ihr Kleid gegen Jeans und eine schicke Bluse und ließ sich dann vergnügt von mir mit dem Wagen abholen.

Das Kesslersche Haus übertraf alle meine Erwartungen. Am Ortsrand gelegen ist es ein ziemlich altes und mit seinem weit über hundert Jahre alten Tonziegeldach fast historisches Gebäude, das aber perfekt modernisiert wurde. Der umliegende Garten ist wunderbar gepflegt, ein Beweis für die Liebe, die Birgit für alle Kreatur, ob Mensch, ob Tier, ob Pflanze, in sich trägt. Kathrin griff zuerst nach ihrem Haustürschlüssel, steckte ihn aber verschmitzt lächelnd wieder ein und drückte auf den Klingelknopf. Dann ergriff sie meine Hand und legte mir ihren Kopf an die Schulter.

Ein etwa Zwölfjähriger öffnete. Den könnte Jan auf keinen Fall verleugnen, so ähnlich sieht er seinem Vater. Hinter ihm ertönte dessen Stimme: „Knut, wer ist das?" Obwohl er mich nur zweimal gesehen hatte, kam prompt: „Papa, das ist der Jonas." Knut hatte Kathrins Geste, nichts verraten zu sollen, sofort verstanden und ergänzte grinsend: „Der hat seine neue Freundin mitgebracht." „Na, dann bring die beiden mal ins Wohnzimmer. Ob der weiß, dass Kathrin gestern Geburtstag hatte?" Kathrin antwortete nun selbst. „Ja, das weiß er. Wir haben auch schon gewaltig gefeiert, die halbe Nacht!"

Aus der Küche stürzte Birgit in den Flur und auch Jan kam aus dem Wohnzimmer. Und Claas, der jüngere der Buben, kam die Treppe herunter gepoltert. Birgit nahm Kathrin in die Arme, betrachtete sie ausführlich und stellte dann gerührt fest: „Kind, du hast deine Traurigkeit verloren!" „Ja, Mama, mein erstes Geburtstagsgeschenk in diesem Jahr hat mich unfassbar glücklich gemacht." „Und das soll für immer so bleiben." ergänzte ich. Birgit umarmte nun mich und schluchzte: „Mein Gott, Junge, nach all dem vielen Unglück bei dir und meiner Kathrin nun diese glückliche Auflösung. Ich kann es kaum fassen." Die drei Kessler-Männer begrüßten uns nun auch. Claas, der seiner Mutter immer gerne zur Hand geht, brachte noch ein weiteres Gedeck auf den Esstisch. Dann begann ein heiteres und wie bei Birgit immer leckeres Mittagsmahl. Wir mussten viele Fragen beantworten. Schließlich berichtete Kathrin vom „therapeutischen" Betrachten und anschließenden Verbrennen der drei Bilder. „Schrecklich war's und doch seltsam befreiend. Den Jonas geliebt habe ich ja mein Leben lang. Jetzt ist das nur um Einiges anders. Aber wunderschön!"

Als Julia mit ihrem ostfriesischen Tammo eintraf, der auch einige Jahre älter ist als sie, war deren Erstaunen ebenfalls nicht gering. Wie bei vielen Frauen hat auch bei ihr die Schwangerschaft eine ganz besondere Attraktivität hervorgerufen. Tammo, selbstständiger Zahntechniker, ist mächtig stolz auf seine junge Frau und ihren kräftig wachsenden Bauch. Kathrin musste nun ihrer Schwester noch allerlei Fragen beantworten, und auch ihr und Tammo erzählten wir von den drei Fotos, die ich mir damals herausgepickt hatte.

Am Abend dann fuhren wir wieder zurück nach Oldenburg. Wir hatten noch eine halbe Flasche Sekt im Kühlschrank und ganz viel Zärtlichkeit füreinander im Gepäck. Nachdem wir uns ausführlich geliebt hatten, beschrieb Kathrin mir dann ganz entspannt haarklein ihre bisherigen ständigen furchtbaren Albträume. Das entlastete sie so sehr, dass sie eher einschlief als ich. Jetzt ist sie drüben bei ihren Vermietern und bespricht ihren Auszug von dort. Ab sofort wohnt sie hier.

Sonntag, 06.12.2009

Unser intensiver gemeinsamer Neubeginn, für jeden von uns Beiden ein Aufbruch aus leidvoller Zeit, hat uns unsere Zweisamkeit so elementar und wichtig gemacht, dass weder meine Kleine noch ich auch nur einen einzigen Gedanken an Verhütung verschwendet hätten. So war schon Ende Oktober, zwei Wochen nach Ausbleiben der Regel bei Kathrin, durch einen eindeutigen Test und einen Frauenarztbesuch klar, wir werden Eltern. Mein Schatz war sofort begeistert, und auch ich bin überglücklich. Einige Tage Anfang Oktober musste ich aber eine kleine Gedankenkrise bewältigen. Ich habe mich intensiv durchforscht, ob ich nicht meine Kleine wegen ihrer Ähnlichkeit im Aussehen als Ersatzkätzchen missbrauchen würde. Aber nein, das ist alles so anders. Nur den Bernsteinblick, den erlebe ich nun wieder ganz häufig. Und das ist wunderschön.

Meine Frage, ob Kathrin mich nun heiraten wolle, hat sie mit eben diesem Blick und einem äußerst zufriedenen „Selbstverständlich!" beantwortet. Und nun ist alles schon vorbereitet. Wir werden am zehnten Dezember im Standesamt in Sande und am zwölften in der Heide in unserer Dorfkirche getraut. Ulf lässt sich das nicht nehmen. Rieke und Kai werden eine ziemlich große Feier auszurichten haben. Aber das ist wohl eine ihrer leichtesten Übungen. Ihre Hotelbetten reichen nicht aus, einige Gäste werden im Schnuckenhof und bei Pfaffs im Nachbarhof einquartiert, mein Pate Bernd und seine Frau Greta natürlich bei ihrer Familie im Reiterhof. Wunderschön ist, wie sich meine Familie in der Heide mit uns freut. Kathrin ist bei unserem Erstbesuch dort so herzlich aufgenommen worden, dass sie ganz gerührt war.

Mir haben die Vorbereitungen für die standesamtliche Bestellung des Aufgebotes eine seltsame neue Frage gebracht. Auf Kathrins Abstammungsurkunde steht der Name ihres biologischen Vaters eingetragen, der seinerzeit die Vaterschaft anerkannt und, wie ich selbst als Kind wahrnehmen konnte, auch immer brav seinen Unterhalt für sein außereheliches Kind gezahlt hat. Der Name ist Bernhard Baumann. Dass er Kapitän war, habe ich gewusst. Und dass er die kleine Hausangestellte Birgit Böning geschwängert hat, damals schon auch. Aber seinen Namen eben nicht. Nun haben wir am Landgericht einen kleingewachsenen etwa fünfzigjährigen Vorsitzenden Richter namens Stephan Baumann. Das wäre nichts weiter Auffälliges, hinge nicht sein Büro voll mit Bildern unterschiedlicher Schiffe der Bundesmarine. Sogar ein kleines Modell steht auf seinem Schreibtisch.

Nach unserer kleinen Hochzeitsreise, die uns bis ins neue Jahr in den Thüringer Wald führt, den Kathrin ja gar nicht kennt, werde ich diesen Richter doch einmal ansprechen. Ob der was mit Kathrins Erzeuger zu tun hat? Allmählich ist mir nämlich bewusst geworden, dass sie ihren leiblichen Vater gerne einmal kennenlernen würde. Bis heute zahlt er noch immer, aber sie weiß keine Adresse. Birgit auch nicht, die vermutet nur, dass Bernhard Baumann im Ruhestand nicht in Wilhelmshaven geblieben ist. Warum, weiß sie, wie sie sagt, eigentlich selbst nicht. Kathrin sagt: „Mama weicht Fragen nach der Zeit damals immer aus. Ist vielleicht auch verständlich." Und wenn wir geheiratet haben, erlischt ja auch die Unterhaltspflicht für Kathrins Vater, da benötigen wir ohnehin seine Adresse, um ihn davon in Kenntnis zu setzen.

Donnerstag, 31.12.2009

Das Jahr geht zu Ende. Kathrin und ich sitzen in unserer schönen großen Hotelsuite in Georgenthal. Am Heiligen Abend waren wir bei meinen Großeltern Scholz in Arnstadt, am ersten Feiertag hier bei meinem Paten Bernd und seiner Familie. Die waren tatsächlich alle da, sogar Clara und Henk mit ihren Kindern. Das Haus hat einen kleinen Anbau, in dem seit Kurzem ein hübscher Gästebereich für jeweils angereiste Verwandte eingerichtet ist, fast eine richtige Ferienwohnung. Wir waren sogar zuerst dahin eingeladen worden, wollten aber nicht über die drei Wochen, die wir in Thüringen zu bleiben planten, der Verwandtschaft zur Last fallen. So konnte Clara mit ihrer Familie einige Tage dort wohnen. Das war richtig schön.

Als wir hier angekommen sind, lag noch kein Schnee, aber ab der folgenden Nacht hat es unaufhörlich drei Tage lang sanft geschneit. Wir haben dank guter Winterreifen einige schöne Fahrten durch den Thüringer Wald gemacht, vor allem an den zwei folgenden Sonnentagen. Dann wurde es aber trübe und wärmer. Innerhalb weniger Stunden war die weiße Pracht nur noch Matsch und am nächsten Morgen fast ganz verschwunden. Erst seit gestern schneit es hier wieder. Und wie! Aber viel werden wir nicht mehr davon haben, denn bereits am dritten Januar geht es wieder nach Hause. Ab dem vierten haben wir beide wieder Dienst. Kathrin hat vorhin gemeint, wenn es ihr die ganze Schwangerschaft über so gut geht, wie in diesen vergangenen fast vier Monaten, dann kann sie sich glücklich schätzen.

Bis über das Ende ihrer Ausbildungszeit werden wir in unserer Wohnung in Etzhorn bleiben. Ein Kinderzimmerchen haben wir ja. Das wird ohnehin spannend, ob sich Geburts- und Prüfungstermin koordinieren lassen. Es müsste aber klappen, denn unser Kind soll um den ersten Juli herum geboren werden, und die Prüfungen werden wohl zwischen dem zehnten und fünfundzwanzigsten Juli stattfinden. Wenn Kathrin dann fertig ist, will sie nicht wieder zu arbeiten beginnen. Mir ist das nur recht. Ich habe einen Beruf, der gut bezahlt wird. Und in meinen Depotkonten schlummert der Gegenwert eines Einfamilienhauses. Also suchen wir dann in Ruhe für mich einen endgültigen Job und danach ebenfalls endgültig ein Haus, das wir kaufen können. Kathrin möchte, wenn das möglich ist, auf dem Land leben und mindestens drei Kinder haben. Pläne, Pläne, Pläne. Jetzt soll erst einmal die Nummer Eins gut und gesund zur Welt kommen.

Am vierten Januar bekam ich einen Fall auf dem Tisch, für den ich erstmals allein verantwortlich war. Die Strafsache hatte einige sehr seltsame Umstände, die mich sofort auf den Gedanken kommen ließen, statt eines Strafverfahrens zuerst eine Mediation mit dem Anwalt der Angeklagten zu verhandeln. Verblüffend schnell waren wir uns einig. Beide sahen wir nämlich aus den Akten, aus den Einlassungen der Angeklagten und aus Zeugenaussagen, dass hier der geschädigte Arbeitgeber am Zustandekommen der Straftat nicht ganz unbeteiligt war. Durch Mobbing, erheblichen Druck und anderes Fehlverhalten. Der Schaden war zwar nicht unerheblich, jedoch könnte die Angeklagte die Rückführung des unterschlagenen Betrages offensichtlich sinnvoll zustande bringen.

Der nächste Schritt war nun ein Dreiergespräch mit dem zuständigen Richter. Und das war Stephan Baumann. Bereits am elften Januar saßen der Rechtsanwalt Dr. Meyer, Baumann und ich zusammen in Baumanns Büro, um das Ganze zu verhandeln. Eine Stunde war dafür vorgesehen, in zwanzig Minuten war aber der Vergleich mit einer erheblich gemilderten Strafe in warmen Tüchern. Meyer verabschiedete sich vergnügt, während ich Baumann fragte, ob er mich noch für ein privates Gespräch ertragen könne.

Er lachte. „Schneider, sowas gibt es so selten; dann bleiben sie mal schön hier. Was also steht an?" „Meine erste Frage ist: Haben sie einen Verwandten, der Bernhard Baumann heißt und in der Marine Fregattenkapitän war?" „Ja sicher, das ist mein alter Herr. Aber warum fragen sie?" „Weil ich wissen möchte, ob ihnen bekannt ist, dass sie eine Halbschwester haben." „Na klar doch, die zweite Tochter unseres früheren Hausmädchens Birgit Böning. Ich meine, die Kleine heißt Kathrin." „Richtig. Dann hieß sie durch Adoption lange Kathrin Kessler, und seit unserer Heirat vor gut vier Wochen heißt sie nun Kathrin Schneider."

Er schlug mit der flachen Hand knallend auf seinen Schreibtisch. „Mensch, dann bist du also mein Schwager! Wo steckt mein Halbschwesterlein denn?" „Hier im Haus. Ich meine, sie müsste jetzt in der Geschäftsstelle der zweiten Kammer sein." Er grinste. „Ach nee, unsere kleine Kessler! Pass auf, ich habe jetzt fast anderthalb Stunden lang keinen zwingenden Termin. Wie ist das bei dir?" „Ähnlich. Meine heutige Arbeit kann ich notfalls auch mit nach Hause nehmen." „Prima." Er griff zu seinem Telefon, wählte aus dem Kopf eine Hauswahlnummer und sagte seiner Gesprächspartnerin: „Können sie eben Frau Schneider entbehren. Ich hätte da eine Frage zu einer früheren Sache, die sie beantworten können müsste. Sie war ja im Vorjahr hier bei uns. - Ach, prima. Dann möchte sie doch eben mal zu mir herauf kommen. Danke."

Es dauerte nur wenige Minuten, dann klopfte es, und Stephan rief: „Herein, bitte." Kathrin staunte nicht schlecht, dass ich da saß. Und konnte dann gar nicht fassen, dass Stephan sagte: „Guten Tag, Schwesterlein. Gerade hat mir dein Mann ein Licht aufgesteckt. Mein Vater ist auch deiner." Er stand auf und streckte ihr beide Hände entgegen. „Ist das schön, dass ich dich nun gefunden habe." Er gab uns zuerst die Adresse seines Vaters, der mit seiner zweiten Frau im Wangerland lebt. Und dann begann er zu erzählen. Wenn sein Vater von einer militärischen Aktion auf irgendeinem Weltmeer zurückgekommen sei, hätten sie ihre Eltern oft zwei bis drei Tage nur stundenweise gesehen. Der sei dann sexuell so ausgehungert gewesen, dass er gar nicht von seiner Frau habe lassen können. Das sei auch noch so gewesen, als er und seine Schwestern schon erwachsen gewesen seien.

Und dann sei ihre Mutter krank geworden, schwer krank. Da sei es dann mit den wilden Tagen und Nächten nach der Rückkehr vom Meer vorbei gewesen. „Nun hatte Mutter gerade die hübsche Birgit mit der kleinen Julia ins Haus geholt. Wir hatten eine Miniwohnung unterm Dach, die für die beiden prima passte, sogar mit Kinderzimmer. Ich war da schon ziemlich lange Student und selten zu Hause, habe mich aber sofort in Birgit verknallt. Der konnte ja kein Kerl widerstehen.

Vater aber war inzwischen Schreibstubenoffizier geworden, nämlich doch noch befördert zum Kapitän zur See. Er war täglich zu Hause, deshalb schneller als ich und hat mit ihr seinem sexuellen Notstand Abhilfe verschafft. Ich hätte ihn dafür schlagen können. Unsere Mutter hatte übrigens nichts dagegen, sie hatte Mitleid mit dem Alten. Das du, Kathrin, dabei rausgekommen bist, war irgendwie ein Unfall. Dafür aber bist du hervorragend gelungen, genauso hübsch wie deine Mutter und schlau wie unser Vater. Wenn wir ehrlich sind, die schlauste ist Birgit ja nicht, aber unglaublich lieb."

Dann griff er wieder zum Hörer und wählte. „Hallo, Stine, hier ist dein Schwager und Stiefsohn. Ist Vater zu sprechen? Ach, der sitzt neben dir. Also her mit dem Mann. – Guten Tag, Vater. Ich wollte dir nur sagen, du brauchst jetzt keinen Unterhalt mehr für Kathrin bezahlen, die ist nämlich seit vier Wochen verheiratet. Jonas muss jetzt für sie aufkommen, ob er will oder nicht." Schmunzelnd lauschte er einer längeren Rede seines Vaters. „Das soll ich ihr sagen, wenn ich sie sehe? Gerne. Das sage ich ihr gleich, sie sitzt mit Jonas hier bei mir im Büro. Sag mal, könntet ihr am Samstag, dem sechsten Februar, zum Mittagessen zu uns kommen. Silke wird da sicher nichts dagegen haben, und hier die beiden", wir nickten, „können dann auch da sein. Gut, also abgemacht. Sag´s ihr dann selbst. Bis dann, Tschüß." Er wollte sich entschuldigen, dass er uns so terminlich überrumpelt hatte, aber uns gefiel das schon. Kathrin hatte gut aufgepasst. „Jetzt musst du uns nur noch erklären, was das für eine Bewandtnis hat mit ‚Schwager und Stiefsohn'. Stimmt das etwa?"

Stephan lachte behaglich. „Meine Frau hat eine Zwillingsschwester, die mein Vater bei unserer Verlobung kennen gelernt und ohne zu zögern klar gemacht hat. Mutter war da schon achtzehn Monate tot. Das wurde dann eine Doppelhochzeit. Ziemlich einmalig auf dieser Welt, aber ganz problemlos. Silke und Stine sind zwar eineiig, aber im Temperament grundverschieden. Wie Zwillinge oft." Der Kapitän zur See a.D. Bernhard Baumann hatte sichtlich eine gewaltige Schwäche für erheblich jüngere Frauen. Ich hatte mir schnell den Termin notiert, dann verzog ich mich wieder in mein Büro, und Kathrin flitzte auch an ihren Arbeitsplatz.

Abends habe ich sie mir noch einmal sorgfältig unter dem Gesichtspunkt „hübsch wie deine Mutter" betrachtet. Das ist tatsächlich so, sie sieht Birgit in mancher Hinsicht ziemlich ähnlich, ähnlicher jedenfalls als Julia. Nur Birgits Stupsnase haben beide geerbt. Die ist äußerst praktisch beim Küssen.

Sonntag, 07.02.2010

Stephan wohnt mit seiner Familie in einem Dörfchen zwischen Westerstede und Varel. Das war keine große Reise für uns. Als wir in die Einfahrt des beschriebenen Grundstücks einbogen, stand vor dem breiten Garagentor, hinter dem sich vermutlich zwei Autos verbargen, ein kompakter Minivan gleich dem Unseren, mir wohlvertraut als praktisches Seniorenfahrzeug. Als wir ausstiegen, sah ich, dass mein Liebchen doch ziemlich aufgeregt war. Im Haus legte sich das aber ganz schnell. Da war zum Einen Stephans unkomplizierte Art hilfreich, zum Anderen die der verblüffend kleinen blonden Zwillinge mit ihren kurzen struppigen Haaren und schließlich der weißhaarige Schnurrbartträger, von dem Stephan seine schalkhaften Augen geerbt hat und mein Schatz die unverwechselbare Gesichtsform. Dass auf diesen interessanten kleinen Mann mit dem markanten Gesicht Frauen im Handumdrehen abgefahren sind, wunderte mich nun gar nicht mehr.

Er kam sofort auf Kathrin zu, breitete die Arme aus und flüsterte fast: „Dann lass dich drücken, mein Küken!" Und sie ließ sich das gerne gefallen. Dann betrachtete er mich kurz von Kopf bis Fuß und meinte dann: „Wenigstens jetzt einer in der Familie mit einer vernünftigen Körpergröße." Dann drückte er mir herzhaft die Hand. Silke bat gleich zu Tisch, so wurde es ein unterhaltsames Mittagessen. Mein neuer Schwiegervater fragte und fragte. Zuerst kam nun Kathrins ganze Lebensgeschichte, witzig: von hinten nach vorne. Als dann die Missbrauchsereignisse anstanden, ließ mein

Frauchen mich weiter berichten. Ich fing chronologisch mit dem Nachfolger des Kapitäns, meinem Vater, an und landete schließlich beim Prozess. Alle Zuhörer waren tief betroffen. „Und wie ging dann dein Leben weiter?" Also war nun ich dran. Da musste ich nun gedrängt berichten. Am schwierigsten war, Vanessas Ermordung darzustellen.

Silke und Stephan haben drei Töchter. Die Dämchen waren nicht zu Hause. Alle waren sie bei Freunden. Aber es war auch so genügend zu tun, diese vier neuen Verwandten richtig kennen zu lernen. Stine ist so ein bisschen wie Birgit. Zwar erheblich schlauer - sie ist Grundschullehrerin -, aber auch so ein liebes zurückhaltendes Frauchen, halt typisch im Beuteschema des Kapitäns. Silke ist da der Gegenpol, temperamentvoll, mit viel Schwung und Fröhlichkeit. Sie und Stephan sind sich klar ebenbürtig. Sie arbeitet erst seit drei Jahren wieder volle Zeit, als angestellte Zahnärztin.

Erst nach dem Abendessen haben sie uns wieder nach Hause fahren lassen. Inzwischen waren die drei Mädels heim gekommen, alle im Alter nur ein gutes Jahr auseinander, fünfzehn, vierzehn und dreizehn. Geballte Weiblichkeit im Pubertätsalter. Silke meinte, diese „kompakte Packung" sei ihr Wunsch gewesen. Und ihre Rechnung gehe auf, die Erziehung habe auch einen sehr kompakten, wenn auch herausfordernden Charakter. Die Zweite, wie oft bei mehreren Geschwistern die keckste, fragte mit unschuldigem Lächeln: „Erziehung? Gibt's das bei uns überhaupt?" Und, schwupp, saß sie bei ihrem Großvater auf dem Schoß. „Wenn hier einer Autorität hat, ist es doch Opa." Der lachte. „Erst

Komplimente, und dann nehmt ihr drei mich aus wie eine Weihnachtsgans." Diese Familientöne waren sehr angenehm.

Montag, 05.04.2010

Nun ist schon Ostermontag. Kathrins Bauch hat bereits eine beachtliche Veränderung vollzogen. Wir freuen uns beide von ganzem Herzen auf unseren Sohn. Kathrins Frauenarzt ist sich sehr sicher, dass es ein Junge ist, der da heranwächst. Der Wunsch meiner Liebsten, unseren Sprössling Felix zu nennen, kommt meinem Vorhaben sehr entgegen, einen Namen zu wählen, den man nur schwer abkürzen kann. Außerdem ist dieses Kind immerhin das Ergebnis unserer allerersten Glücksnacht, höchstens der zweiten, und das lateinische „felix" heißt ja „glücklich". So waren wir uns sofort einig. Meine Kleine arbeitet schon emsig an der Ausstattung unseres kleinen Kinderzimmerchens. Da gibt es kein „Bubenblau" oder „Mädchenrosa", das finden wir beide fehl am Platz. Möbel aus Naturholz geben dem kleinen Raum eine gewisse Behaglichkeit, eine lindgrüne Gardine, die gut zum Eichencharakter des Vinylbodens passt, sorgt dafür, dass Licht im Raum bleibt.

Unsere familiären und freundschaftlichen Kontakte sind angesichts unserer ungewöhnlichen Lebensgeschichten sehr vielfältig. Wir pflegen sie aber sorgsam, das ist ein großer Reichtum. Gestern waren wir den ganzen Tag bei Kesslers. Die sind und bleiben doch unsere Allernächsten. Jan findet es ganz erheiternd, dass ich nun mit ihm und dem Kapitän zwei „alte Knaben als Schwiegerväter hinnehmen" muss. Verblüfft und auch mit Achtung erfüllt hat uns, dass Birgit und er sich dazu aufgeschwungen haben, Stine und ihren Alten tatsächlich vor zwei Wochen zu sich nach Hause zu laden.

Beide Paare sind erstaunt, wie angenehm dieses Treffen war. Und uns gibt das für die Zukunft die Möglichkeit, zu entsprechenden Familienfesten alle gemeinsam einzuladen. Besonders bleibt übrigens auch das Verhältnis zu Silke, Stephan und ihren Töchtern. Cordula ist ja nur drei Jahre jünger als mein Weibchen, das schließlich ihre Tante ist.

In meinem Heimatdorf - ja, so nenne ich es wohl mein Leben lang - waren Kathrin und ich am Wochenende eben jenes „Seniorentreffens", wie Jan es schmunzelnd nannte. Kleinschmidts, die mein Frauchen in rührender Weise ins Herz geschlossen haben, hatten uns angeboten, in ihrem Gästezimmer, Carstens ehemaligem Junggesellendomizil, zu übernachten. Karin und er haben uns am Samstagnachmittag ihre wonnige kleine Tochter gebracht. Eine Woche ist sie alt. Karins Schulter ist mit Hilfe zweier Operationen und zäher täglicher Gymnastik fast wieder so gut zu gebrauchen wie vor der Schusswunde. Nele und Ulf erwarten schon das zweite Kind.

Rieke und Kai haben ein brummendes Geschäft. Ihr Plan mit dem Heidehotel ist fabelhaft aufgegangen. Erik konnte trotz bester Arbeit die Tischlerei Petershagen nicht in alter Form erhalten. Anneke hatte aber die rettende Idee. Der Betrieb arbeitet jetzt als Vertragsunternehmen für ein feudales großes Möbelgeschäft als Montage- und Servicebetrieb. Erik selbst und zwei Gesellen sind viel unterwegs. Größere Reparaturen und Soderbauten werden aber in der alten gut ausgestatteten Werkstatt erledigt. Da hilft dann Eriks Vater, der sonst schon im Rentenstand ist, begeistert mit. Clara und

Henk Stern haben im Pferdehof so viele Reitschüler, dass deren Familien vorwiegend in Hartmanns Heidehotel, bei Bockelmanns oder bei Pfaffs für ihren Urlaub Quartier nehmen. Die Zusammenarbeit klappt prima. Und Claras Bauch ist ziemlich genauso dick wie der meines Frauchens. Das wird die Nummer drei.

Die größte Veränderung ist im Ferienhof Pfaff im Gange. Alle drei Töchter des alten Ehepaares haben sich schon länger mit ihren Familien dort niedergelassen, wo ihre Männer und teils auch sie selbst beruflich gute Perspektiven haben. Gunnar Pfaff stammt aus Rheinland-Pfalz und ist als Soldat in der Heide an seiner Susanne hängen geblieben. Er hat am Stadtrand von Pirmasens am Pfälzer Wald ein kleines aber feines Anwesen geerbt, in das er und Susanne nach der Sommersaison umziehen wollen. Das soll ihr Altersruhesitz werden. Da kein Nachkomme am hübschen Resthof in der Heide - ihr Land haben sie schon vor Jahren an ihre Nachbarn Stein und Bockelmann etwa je zur Hälfte verkauft - für die Zukunft Interesse hat, haben alle gemeinsam beschlossen, ihn im Herbst zu verkaufen. Mir spukt nun ein seltsamer Gedanke im Kopf herum, aber richtig ausgegoren ist der noch nicht.

Samstag, 15.05.2010

Irgendwie hat der Freitag nach Himmelfahrt immer einmal wieder einen Einschnitt in mein Leben gebracht. Gerade erst zwei Jahre ist es her, dass meine Vanessa und Karin ihre Schwangerschaften bestätigt bekommen haben. Was alles ist seitdem geschehen! Vor einem Jahr schien noch alles grau in grau. Und jetzt sind Kathrin und ich glücklich verheiratet und werdende Eltern. Und seit wenigen Tagen hat Kathrin schon Babypause. - Nun aber zum gestrigen Tag. Ich hatte mir den Brückentag frei genommen. Mal so vier Tage an einem Stück ohne zu arbeiten, das hatte mich gereizt. Wir haben lange schlafen und richtig faulenzen wollen.

Gestern früh um etwa neun Uhr meldete das Telefon einen Anruf. „Hier ist Elke Wuth. Herr Schneider, ich habe ein wichtiges Anliegen: Mein Vater hat vor drei Tagen die Diagnose erhalten, sein Herz leide unter starken Rhythmusstörungen. Wohl die Folge einer Grippeinfektion im Winter; meine Eltern hatten schlicht vergessen, sich schutzimpfen zu lassen. Nun wird er nur noch eingeschränkt arbeiten. Das ist über Sommer nicht so schlimm, wir haben eine tüchtige Referendarin, die uns bis Ende September bleibt. Aber ab erstem Oktober wird es ganz eng, Vater will nämlich dann ganz aufhören, höchstens noch im Notariat arbeiten, bis auch ich zugelassen bin. Wir benötigen dringend ab Oktober einen dritten Rechtsanwalt. Sie kennen wir und wissen, dass sie ähnlich wie mein Vater ticken. Wollen sie unser Partner werden? Wir wären glücklich darüber."

Ich hatte laut geschaltet, meine Liebste sollte mithören. Sie schaute mir kurz in die Augen und flüsterte dann: „Wenn du willst, sag sofort zu. Ich finde, das ist die ideale Zukunft für uns." Ich holte tief Luft und vermeldete meiner ehemaligen Juniorchefin: „Mit meiner Frau gemeinsam kann ich guten Gewissens zusagen. Ich steige bei ihnen ein. Rechtsanwalt zu werden war ja ohnehin mein Ziel." „Meine Männer werden sich freuen. Wir machen dann in Kürze mal ein Treffen und schließen einen Gesellschaftsvertrag für unsere Kanzlei. Ich freue mich, und wie!" Als wir das Gespräch beendet hatten, zog ich meinen Doppelpack auf meinen Schoß und erzählte meinem Weibchen von meinen unvergorenen Gedanken.

Ich schlug ihr vor, in den nächsten Tagen zu Pfaffs zu fahren und ihr das ganze Anwesen ausführlich zu zeigen. Könne es ihr so zusagen, dass sie sich denken könne, dort zu leben, sollten wir es kaufen und so nur zwölf Kilometer von unserer Kanzlei entfernt unseren Dauerwohnsitz im eigenen Anwesen haben. Ich hätte gar nicht gedacht, dass sie diese Idee so begeistert aufnehmen würde. Noch vor unserem Mittagesen hatte ich mit Susanne und Gunnar telefoniert. Tatsächlich war da noch kein Käufer in Sicht, und beide freuten sich, dass nun ausgerechnet wir uns für einen Ankauf interessierten.

Susanne lud uns sofort ein. „Kommt doch gleich morgen zu uns. Wir richten ein hübsches Mittagessen, aber wenn ihr früh genug kommen würdet, könnten wir schon vorher das ganze Anwesen besichtigen." Wir fahren etwa zwei Stunden. Also verabredeten wir, dass wir gegen zehn Uhr eintreffen wollten, um dann die Sache ausführlich anzugehen. Kathrin kannte ja das Anwesen nur vom Vorbeifahren. So war sie froh, jetzt gleich genau sehen zu können, wie die Gebäude genutzt, das Wohnhaus aufgeteilt und der Zustand der ganzen Baulichkeiten zu bewerten sei. Ich war nun ja auch schon lange nicht mehr dort im Haus gewesen.

Also sind wir heute aufgestanden, als wollten wir zur Arbeit fahren. Kurz vor Acht haben wir uns auf den Weg gemacht. Und ziemlich genau um zehn Uhr habe ich unseren treuen Van vor der als Carport genutzten alten Wagenremise geparkt. Nachdem wir uns kurz mit den beiden Pfaffs unterhalten haben, die ja Kathrin noch gar nicht kannten, ging der Rundgang los. Das Wohnhaus ist ein typischer alter Heidehof mit tief herunter gezogenem reetgedecktem Dach. Ohne dem Anblick schwer zu schaden, haben Pfaffs vor etwa dreißig Jahren einen genehmigten Ausbau des großen Dachgeschosses vorgenommen. Ton in Ton mit der Eindeckung fallen die großen rollladenbewehrten Wohndachfenster gar nicht so sehr auf, bringen aber viel Licht in die Räume im oberen Stockwerk, drei große Zimmer und ein Zweitbad. Hier hatten die drei Pfafftöchter ihre Räumlichkeiten.

Im Erdgeschoss waren die früheren Milchviehstallungen schon vor Jahrzehnten verschwunden und bewohnbar gemacht worden. Zuerst kommt ein Windfang und eine breite Korridortür. Um die folgende große Diele, in der gegenüber der Treppe ein großer Ausziehtisch mit zahlreichen Stühlen vor einer Eckbank steht, gruppieren sich im Uhrzeigersinn die Küche, das Wohnzimmer, ein als Büro genutztes etwas kleineres Zimmer, ein geradezu üppiges Bad mit bodengleicher Dusche und großer Wanne, zwei Schlafzimmer und eine Gästetoilette. Kathrins Augen begannen zu leuchten. In der langen alten Wagenremise, die ein Stückchen vom Haus entfernt frei steht, ist unter dem gleichgestalteten Dach ein ähnlicher Ausbau geschaffen worden wie im Haupthaus. Das ist die Ferienwohnung mit kleiner Küche, drei Stuben und einem Duschbad mit Toilette. Unter dieser Wohnung ist in der Mitte Platz für drei Autos. Die alten Tore wurden abgebaut, so ist das ein Carport.

Im Giebelbereich nach dem Haus hin befindet sich der Heizungsraum für beide Gebäude. Darin ist eine moderne Heizungsanlage mit zwei Brennern, einem für Gas und einem alternativen für Feststoffe. Daneben, vom Hof aus befüllbar, findet sich ein Holzpelletlager. Und im gegenüber liegenden Giebelbereich hat Gunnar neben einem großen Ziegenstall eine geräumige Werkstatt, die sogar beheizt werden kann. Im Carport hinten ist eine Tür, die zu einem teils im Gebäude, teils außerhalb liegenden riesigen Terrassenbereich führt, der auch von einer großen Glastür im Wohnzimmer aus betreten werden kann. Dort ist auch das Treppenhaus zur Ferienwohnung. Die anderen alten Nebengebäude gibt es nicht mehr. Die Unterhaltung wäre zu teuer geworden, auch waren die nach Gunnars Auskunft reif für den Bagger. So wurde viel Raum für den parkähnlichen Garten gewonnen. Das Grundstück ist fast genau zweitausend Quadratmeter groß.

Auf dem erhaltenen Boden der abgerissenen Scheune sind drei Stellplätze für ein „Camping-auf-dem-Bauernhof"-Areal eingerichtet. Stromanschlüsse, Wasserhahn mit Abfluss und ein Fäkaleinlass sind vorhanden. Obwohl Susanne nur ein paar Zwergziegen hat, ist die Zulassung erfolgt und kann übernommen werden. Diese genau sieben Geißlein können wir auch übernehmen. Kathrin strahlte.

Als wir uns dann am Esstisch zusammensetzten, verschwand Susanne kurz in der Küche, um das Essen fertig zu stellen. Sie hatte eine Mahlzeit vorbereitet, die sie sich einige Zeit hatte selbst überlassen können. Gunnar hatte sich allerlei Bau- und Bewertungsunterlagen zurechtgelegt. Da gab es eine recht positive Berechnung der Energieeffizienz der Häuser, zwei Baugenehmigungen für die Umbauten der Gebäude, die Abrissgenehmigungen für die alte Scheune und den windigen riesigen Schafstall sowie eine brandneue Wertschätzung aus der Woche nach Ostern. Kathrin und ich wussten genau, wie viel Geld wir zur Verfügung haben. Wir hatten uns darauf geeinigt, dass wir im Falle eines Falles natürlich auch noch einen Kredit aufnehmen würden. Auch, wo da unsere Schmerzgrenze läge. Mein Frauchen kann erstaunlich gut rechnen. Kapitänserbe?

Als wir uns gemeinsam die Schätzung ansahen, waren wir völlig verblüfft. Angesichts der Lage des Hofes an einem Nebensträßchen ohne Anbindung an den öffentlichen Nahverkehr und im Verhältnis zu den gängigen Immobilienpreisen der Region lag der Schätzpreis fast auf den Cent genau fünfzehntausend Euro unter unserem

Eigenkapitalbetrag. Unter, nicht über. Gunnar sagte: „Überlegt es euch in Ruhe, wir ziehen den Betrag glatt, dann bleiben wir noch gut siebentausend darunter. Das ist unser Angebot. Jetzt aber wird erst mal gemütlich gegessen." Kathrin, die mir gegenüber saß, schaute mich kurz mit diesen Bernsteinaugen an, die uns, wären wir allein gewesen, sofort auf Touren gebracht hätten. So aber verstand ich sie auch. Sie wollte kaufen, und wie sie kaufen wollte!

Wir hielten aber beide erst einmal den Mund und ließen es uns schmecken. Als Susanne noch einen leckeren Nachtisch aufgefahren und dann aus einer bauchigen Teekanne uns alle vier mit einem guten Tee versorgt hatte, fragte sie: „Nun, habt ihr euch das überlegt, oder wollt ihr euch noch kurz alleine besprechen?" Kathrin schüttelte lachend den Kopf. „Wir haben uns vor dem Essen schon verständigt. Wir kaufen das Anwesen." Dass wir das Geld auf der hohen Kante haben, verschwiegen wir natürlich. So sind wir nun vor einer Stunde mit all diesen Unterlagen und einem rechtsgültigen Vorvertrag nach Hause gekommen. Zuvor waren wir aber noch kurz bei Kleinschmidts und haben unsere Zukunftspläne berichtet. Felix wird zwar in Oldenburg geboren werden, aufwachsen aber wird er in der Heide.

Gegen zwei Uhr in der Frühe des ersten Juli begannen die Wehen richtig und deutlich. Also packte ich meine Frau samt vorbereiteter Reisetasche ins Auto und war eine Viertelstunde später mit ihr in der Klinik. Im Laufe der letzten Wochen hatte sie dort schon alle wichtigen Personen kennen gelernt. Bis Kathrin ordentlich vorbereitet in den Kreißsaal kam, musste ich warten. Dann durfte ich aber gleich mit ihr dort hinein. Die Hebamme meinte, für eine Erstgebärende verlaufe die Dehnungszeit verblüffend schnell. Die Fruchtblase sei längst geplatzt. „Wie ist es mit den Wehenschmerzen, Frau Schneider?" „Die kann ich bisher gut aushalten." Mein Weibchen strahlte mich an. „Mir geht´s so gut. Ich freue mich riesig auf den Kleinen." Die Hebamme war sichtlich verblüfft, wie ruhig und entspannt Kathrin war.

Bereits kurz nach sieben läutete sie nach dem diensttuenden Arzt, einem der Oberärzte. Auch der beobachtete erstaunt, mit welcher Gelassenheit Kathrin die sichtlich inzwischen heftigen Wehen ertrug, die nun in schneller Abfolge kamen. „Frau Schneider, wenn sie sich das zutrauen, dann pressen sie bei der nächsten Wehe schon kräftig mit. So, wie sie das im Vorbereitungskurs gelernt haben." Sie musste das nur zweimal machen, schon kam der Kopf unseres Sohnes zu Tage, und nach der dritten Presswehe war er auch schon soweit da, dass ihn die Hebamme aufnehmen, abnabeln und versorgen konnte. Der Arzt kümmerte sich um Kathrin. Als Felix wenige Minuten später auf Kathrins Bauch lag und behaglich die Augen zukniff, meinte der Arzt: „Für eine erste

147

Geburt ist das einmalig, wie sie das gemacht haben. Hatten Sie denn keine starken Schmerzen?" Kathrin lächelte. „Klar hatte ich die, aber das kann ich gut ab. Da habe ich ein perfektes unerfreuliches Training hinter mir."

Als später Kathrin müde aber glücklich in ihrem Klinikbett lag und Felix das erste Mal gestillt hatte, kam der Oberarzt zu uns ins Zimmer. Kathrin lag noch allein, ihre Zimmergenossin war zur Geburtsvorbereitung unterwegs. „Frau Schneider, jetzt erklären sie mir mal bitte, was sie im Kreißsaal gemeint haben, als sie ,perfektes unerfreuliches Training' sagten." „Ganz einfach, ich bin ein vielfach sexuell missbrauchtes Kind gewesen. Bis ins vierte Lebensjahr. Mein heutiger Mann hat als Zwölfjähriger Bub den Täter, meinen Stief- und seinen Pflegevater, entlarvt und seiner gerechten Strafe zuführen geholfen. Und ich habe jahrelang immer wieder diese Unterleibsqualen geträumt, ohne echte Erinnerung. Da lernt man, zu leiden ohne zu zerbrechen. Die Liebe meines Mannes hat mich dann ganz befreit, aber der Gewöhnungseffekt ist geblieben. Das habe ich nicht gewusst, aber heute gelernt."

Ich habe sofort den zugesagten Urlaub angetreten und am Donnerstagabend emsig rumtelefoniert, allen unseren Lieben die frohe Kunde mitzuteilen. Gestern waren dann Birgit und Jan da, um unseren Knirps zu bewundern. Noch waren sie nicht wieder weg, kamen auch schon Stine und Schwiegervater Bernhard. Alle waren mächtig stolz auf den kleinen süßen Kerl. Und Birgit zudem auf ihre Tochter, von deren extremer Leidensfähigkeit ich ihr erzählt hatte. Birgit hat mit vierzig nun schon zwei Enkelkinder. Julias Töchterchen ist im Februar ebenfalls ziemlich problemlos geboren, wenn die Geburt auch sechsundzwanzig Stunden lang gedauert hat. Julia war danach völlig ausgelaugt. Und Onno vor lauter Mitempfinden auch.

Noch zu berichten ist: Über das Pfingstwochenende haben wir bei Kleinschmidts gewohnt, die sich ganz rührend darüber freuen, dass wir ab Herbst am Dorf leben werden, und das auf Dauer. Etwas ungewöhnlich war, dass wir unseren Kaufvertrag über den Pfaffhof an einem Samstag notariell beurkundet bekommen haben. Aber Elke und Friedrich Wuth hatten uns das so vorgeschlagen, Susanne und Gunnar hatten Zeit, und so war das eine gute Lösung. Als die beiden weggefahren waren, kam dann unser Arbeitsverhältnis an die Reihe. Vorerst bin ich angestellt, mit ordentlichem Gehalt, und ab dem Erwerb der ersten Fachanwaltschaft werde ich Mitinhaber der Kanzlei. Es gibt keine Probezeit. Alles ziemlich ungewöhnlich, aber der Tatsache zu verdanken, dass die drei mich schon neun Monate lang gründlich kennengelernt haben.

Nachdem alles geregelt war, wurden Kathrin und ich in den mir wohlbekannten Sozialraum gebeten. Dort standen eine wunderbare Torte sowie ordentlich Kaffee und Tee. „So, ihr beiden Noch-Oldenburger. Jetzt schaffen wir erst einmal das förmliche ‚Sie' ab. Ich bin die Elke, mein Riese da ist der Frieder - kein Mensch nennt ihn Friedrich - und ihr beide seid Kathrin und Jonas. Auf gute Zusammenarbeit." Angesichts bevorstehender Autofahrten und der Geburt stießen wir gemütlich mit unseren Tassen an. Mein Frauchen hat sich direkt wohlgefühlt mit den Beiden. Siegfried Zorn, Elkes Vater, war zu dieser Zeit in einer Rehaklinik in Bad Oeynhausen. Aber auch ihn wird Kathrin mögen, dessen bin ich mir ganz sicher.

Samstag, 30.10.2010

Nun haben wir alle Umwälzungen unseres Daseins hinter uns. Mit einem professionellen Umzugsunternehmen konnten wir bereits am neunundzwanzigsten September mit Sack und Pack hier einrücken. Jan und Birgit waren schon in Oldenburg als Packhelfer tätig und auch hier wieder bei der Einrichtung. Unsere Ferienwohnung war bis zu den Herbstferien vierzehn Tage nicht belegt, also konnten sie dort zwei Nächte wohnen und noch Kathrins Geburtstag ein bisschen mitfeiern. Knut und Claas haben diese drei Tage lang für sich selbst gesorgt. Birgit war etwas bange, ob das klappt, aber Jan meinte, ein bisschen was könnte man den Bürschlein schon zumuten. „Jonas war nach deinem Zusammenbruch damals schließlich auch problemlos zwei Nächte allein." Susanne hatte noch eine Familienbuchung für die gesamten Oktoberferien angenommen, uns aber nicht die Unterlagen da gelassen. „Tut mir leid, hab ich vergessen; ich muss sie euch per Post schicken." Am Samstag, dem neunten Oktober kam dann diese Familie fast gleichzeitig mit dieser Post. Unsere Verwunderung war riesig, das waren nämlich wieder unsere Kesslers, nun alle vier, die sich das als Überraschung und Hilfemaßnahme für den großen Garten ausgedacht hatten.

„Campinggäste kommen schon mal spontan", hatte Gunnar uns erklärt. Und tatsächlich, gegen sechzehn Uhr nachmittags tuckerte ein feudales Wohnmobil in unseren Hof. Am Steuer saß Stine, daneben Bernhard, Kathrins Vater. Auch das war von diesen Herrschaften allen verabredet worden, und die beiden hatten sich dieses große Geschoss rechtzeitig

151

gemietet. So hatten wir die ganzen Ferien über sechs tüchtige Helfer, die vor Allem unseren Garten winterfest gemacht haben. Eindeutige Chefin dort, weil am kenntnisreichsten, war Kathrins Mutter Birgit. Das ist nun mal total ihre Welt. Stine hat Kathrin lieber beim Einrichten unseres Hauses geholfen. Nach und nach kamen da erst unsere neuen Möbel. Den großen Tisch in der Diele hatten wir samt Eckbank und Stühlen den Pfaffs abgekauft, ebenso die tollen Terrassenmöbel. Als die versammelten Schwiegerleute alle wieder abgereist sind, mussten wir allerhand Sturheit aufwenden, dass die für ihren Aufenthalt nicht auch noch gezahlt haben. Vor allem die beiden alten Herren wollten das unbedingt.

Ich habe in der Kanzlei ordentlich zu tun. Jetzt im Herbst kommen allerlei neue Fälle ins Haus. Vorerst sind das für mich fast nur Strafsachen, das war ja der Hauptfachbereich des Seniors. Frieder möchte da aber allmählich rein und mir die Verwaltungs- und Sozialrechtssachen überlassen. Also strebe ich nun diese beiden Fachanwaltschaften gleichzeitig an. Ich finde diese Bereiche ohnehin außerordentlich spannend und kann da vielleicht manche Not lindern helfen. Zu Hause finde ich täglich eine völlig entspannte Familie vor. Kathrin hat zum Glück Milch genug für den kleinen Mann, manchmal gar zu viel, sodass sie abpumpen muss. Sie strahlt: „Hundertmal besser so, als wenn ich zufüttern müsste." In den ersten Wochen in Oldenburg war er immer mal ziemlich am Maulen. Mit einem Tragetuch, in dem sie ihn stundenlang an sich gepackt hält, ist meine Liebste ganz flott damit fertig geworden.

Ein schier unglaublich ereignisreiches Jahr liegt hinter uns. In meinem achtundzwanzigsten und Kathrins zwanzigstem Lebensjahr haben wir einen so ausgewogenen und zukunftsträchtigen Zustand unseres gemeinsamen Lebens erreicht, dass wir beide es kaum fassen können. Schon wenige Wochen nach unserer Heirat hatte ich meinem Frauchen sowohl das Tagebuch meiner Oma als auch das Meine zum Lesen gegeben. Wir teilen alles miteinander. So konnte sie auch dem Geburtshelfer gegenüber Omas wichtigste Lebensweisheit äußern. Niemand weiß doch, ob unser unglaubliches Glück auf Dauer Bestand haben wird. Deshalb sprechen wir immer einmal wieder darüber, dass wir mit Allem zu rechnen haben, aber gerade deshalb stets dankbar bleiben wollen für alles Gute und Schöne, was wir erleben dürfen. Meine Lebensversicherung hat nun als Begünstigte Kathrin und unsere Nachkommen. Ihr Leben ist auch versichert. Felix ist bisher die Krönung unseres Glücks. Das Bürschlein entwickelt sich so prächtig und erobert mit Augen, Ohren und Händchen die Welt.

Unser großes Hauswesen fordert Kathrin ganz gehörig heraus. Da wirkt sich nun die Schule ihrer Mutter segensreich aus. Vom Kind über die Ziegenherde bis zu zahllosen Pflanzen ist alles Leben bei ihr in sicherer Hand. Und unser eigentlich üppiges Einkommen verwaltet sie geschickt und verantwortungsbewusst. Im Haus und drum herum gibt es auch für mich eine Menge zu tun. Um hier auf dem Land beweglich zu sein, war Kathrins bereits vor dem achtzehnten

Geburtstag erworbener Führerschein von Anfang an wertvoll. Den alten Oma-Van haben wir durch einen neuen ersetzt. „Was anderes kommt nicht in Frage. Wie wollen wir sonst drei Kinder sicher transportieren." An ihrer Familienidee wird also nicht gerüttelt! Und für mich habe ich wieder einen kleinen Flitzer dazu gekauft. Der reicht völlig aus, um in die Kanzlei und zu den Gerichten zu kommen.

Freitag, 30.12.2011

Wieder ist ein Jahr vergangen. Inzwischen hat sich der „Ferienhof Schneider", genauso haben wir ihn genannt, als eine richtig schöne Sache entwickelt. Nicht nur in der Saison, sondern auch zu anderen Zeiten war die Ferienwohnung ausgebucht. Viele der Gäste kannten den Hof schon aus Pfaffzeiten, wir haben das Bäuerliche um Hühner, Kaninchen und zwei kleine Ponys erweitert. Die Plätze im Rahmen des „Camping auf dem Bauernhof" wurden so gut angenommen, dass Kathrin für das kommende Jahr tatsächlich Voranmeldungen erbitten muss. Wir sind im Internet zu finden und haben uns auch in eine gedruckte Broschüre aufnehmen lassen, die diese Form der kleinen Campingareale besonders erfasst und anbietet. Wie dem benachbarten Schnuckenhof und dem Heidehotel Hartmann füllt uns der Reiterhof Stern oft die Anmeldelisten. Clara und Kathrin spazieren häufig mit unseren fast gleichaltrigen Babys im Kinderwagen durch die Heide, begleitet von den beiden älteren Sternchen und Claras Hund.

Und wieder war es der Freitag vor Himmelfahrt! Wir waren vorgestern gemeinsam bei unserer vertrauten Frauenärztin in Rotenburg, auf deren Eingangstreppe meine Vanessa ihr Leben verloren hat. Kathrin ist wieder schwanger! Das wird nun, wenn alles gut geht, ein Winterkind. Irgendwann in den letzten Januartagen soll es wohl geboren werden. Felix gibt sich alle Mühe, seiner Mutter das Leben abwechslungsreich zu machen. Er läuft schon fast frei. Irgendwann in den nächsten Tagen wird er mir wohl abends entgegenkommen, ohne die führende Hand meiner Süßen zu benötigen. Er ist ein richtig tapferes Schneiderlein.

Seit Ostern haben wir eine Teilzeitangestellte, die wir jetzt fragen wollen, ob sie ganztags als Haushalts- und Gartenhilfe arbeiten möchte und kann. Mit ihrem Mann, der bei Karins Vater und Bruder in der Werkstatt arbeitet, und ihren drei teils halbwüchsigen, teils schon erwachsenen Kindern wohnt sie im Dorf. Die Familie stammt aus Bosnien und war jahrelang im anerkannten Flüchtlingsstatus. Inzwischen haben alle fünf die deutsche Staatsbürgerschaft. Alina Subasic ist eine Perle. Sie ist sehr früh Mutter geworden. Ihre Älteste ist zwanzig und sie ganze sechsunddreißig. Ihr Mann ist immerhin zweiundvierzig. Kathrin und sie haben eine richtige Freundschaft entwickelt.

Sonntag, 27.01.2013

Unsere Tochter Lea hat es gerade noch geschafft, ein Sonntagskind zu werden. Sie ist heute Nacht zweieinhalb Stunden nach der ersten Wehe um null Uhr und vier geboren. Wir hatten noch knapp Zeit, unseren Felix bei der ihm vertrauten Clara abzuliefern und sofort nach Rotenburg zu fahren. Kathrins Frauenärztin hat die Geburt begleitet und war trotz unserer Berichterstattung über Kathrins Schmerztoleranz bei der ersten Geburt sehr verwundert, dass auch nun wieder mein Frauchen die Geburt mit totaler Gelassenheit bewältigt hat. In den letzten Tagen hatte ich eine bemerkenswert ausgeglichene und fröhliche Frau.

Am Heiligen Abend gestand sie mir aus heiterem Himmel ein, dass sie immer einmal wieder ein schlechtes Gefühl habe. Schließlich sei ihr Lebensglück aus den Scherben des Todes meiner Vanessa geformt. Da war ich doch ziemlich betroffen. Ich konnte sie aber beruhigen und ihr Opas gerne verwendeten Spruch sagen: „Nichts ist so schlecht, dass es nicht für irgendetwas Anderes gut ist." Ich habe wirklich kein schlechtes Gewissen, heute mit ihr und unseren Kindern ein glücklicher Mensch zu sein. Wir sind beide aus dem Tal der Tränen heraus. Und das Schicksal meiner Vanessa ist nun einmal so geworden, wie es geworden ist.

Mein Weibchen hat nun einen Weg gefunden, auch für sich dieses schwierige Gefühlsthema zu erledigen. Als uns vor einigen Wochen die Frauenärztin beiläufig erzählte, Vanessas ungeborenes Kind wäre ein Mädchen geworden, frage mein Schatz mich, ob wir damals einen Mädchennamen ausgesucht hätten. „Ja, Vanessa wollte unbedingt eine Lea haben." Nun heißt unsere Tochter so, und Kathrin hat damit ihre Ruhe gefunden. Vanessas Grab pflegt sie ohnehin mit Hingabe, seit wir hier wohnen. Morgen nehme ich Felix mit, dann darf er sein Schwesterchen sehen. Jetzt liegt er oben in seinem Bettchen und schläft wie ein Murmeltier. So ein schöner Tag mit Claras Kindern strengt den kleinen Kerl doch ordentlich an.

Für ihn und mit ihm mache ich jetzt einige Tage Pause in der Kanzlei. Ich werde die Zeiten, in denen er schläft, dazu nutzen, mich für das dritte Anwaltsfach vorzubereiten. Bald werde ich dann Fachanwalt für Verwaltungs-, Sozial- und nun auch Arbeitsrecht sein. Und unsere Kanzlei werden wir noch in diesem Jahr um eine Kollegin erweitern, die jetzt vor ihrem Assessorenexamen steht. Die war Referendarin beim Senior Siegfried Zorn, als Elke mich fragte, ob ich einsteigen wolle. Also wieder ein „Eigengewächs". Elke ist nun auch Notarin, seitdem ist der Senior vollständig im Ruhestand und ständig mit seiner Frau auf Reisen. Sichtlich benimmt sich sein Herz jetzt recht ordentlich.

Dienstag, 31.12.2013

Es ist kaum zu fassen, Lea läuft schon frei. Felix war fast dreizehn Monate alt, bis er sich das zugetraut hat. Obwohl das kleine Fräulein noch ziemlich wackelig vorwärtskommt, ist es ständig unterwegs, die Welt zu erobern. Während Felix allmählich ein Gesicht bekommen hat, in dem zahlreiche Züge meines Vaters erkennbar sind, erinnert Lea oft an ihre Oma Birgit. Alleine schon die typische Stupsnase ist unverkennbar wieder da. Sonst ist eher Felix wie seine Mutter als Kind, ständig am plappern. Lea übt das nun auch. Mal sehen, welche Wettbewerbe uns die beiden noch liefern werden. Lange bleiben sie ohnehin nicht zu zweit. Mein Weibchen hat am dreiundzwanzigsten Dezember einen Test aus der Apotheke geholt und mir abends vergnügt mitgeteilt, dass sie dringend nach Rotenburg muss. Der Schwangerschaftstest ist positiv. Sie wollte das so, und mir macht es auch große Freude, eine kleine Kinderschar zu haben.

Wir haben uns in den Weihnachtstagen etwas Seltsames und womöglich extrem Wichtiges klar gemacht. Kathrins Vater, der alte schlaue Kapitän, hat diese Überlegung angestoßen. Die Tagebücher haben dabei geholfen. Eine unserer wichtigsten Lebensfragen hat auch eine zweite Seite. Wir fragen nun nicht mehr nur: „Haben wir gelernt, zu leiden ohne zu zerbrechen?", was wir positiv beantworten können, sondern auch: „Haben wir gelernt, behutsam und dankbar mit unserem Glück umzugehen ohne zu zerbrechen? " Auch daran kann man nämlich scheitern. Das aber wollen wir beide keinesfalls.

159